大道歌者大道歌

杨子忱诗选

杨子忱◎著

長春出版社

全国百佳图书出版单位

图书在版编目（CIP）数据

大道歌者大道歌：杨子忱诗选 / 杨子忱著.
长春：长春出版社，2025. 1. -- ISBN 978-7-5445
-7554-6

Ⅰ. I227

中国国家版本馆CIP数据核字第2024XD8609号

大道歌者大道歌——杨子忱诗选

著　　者　杨子忱
责任编辑　乔继羽
封面设计　宁荣刚

出版发行　长春出版社
总 编 室　0431-88563443
市场营销　0431-88561180
网络营销　0431-88587345
地　　址　吉林省长春市南关区长春大街309号
邮　　编　130041
网　　址　www.cccbs.net

制　　版　长春出版社美术设计制作中心
印　　刷　长春天行健印刷有限公司

开　　本　880mm × 1230mm　1/32
字　　数　190千字
印　　张　13.75
版　　次　2025年1月第1版
印　　次　2025年1月第1次印刷
定　　价　69.80元

目　录

第三辑　老村古歌 · 农民父兄

第四辑 山里山外·山上山下

山里山外·山上山下

第五辑 大道歌者·大道歌

大道歌者·大道歌

9

第七辑　吉祥颂歌·满家传唱

我的满族族歌·之一

我的满族族歌·之二

附录　纪念抗战胜利七十周年纪事诗抄

第 一 辑

北方的山·北方的河

北方的山

长长的远山

看山当从远处看

远处看山

看的也真

想的也远

山

有的像车

有的像马

有的像船

老天抹下一带蓝

多像
大海
后浪在把前浪赶

于是，那儿时的
那走过的
那未曾记起的
偏在这时涌现

穿
多少道岭
翻
多少趟川

眼前总闪一个
盼
脚下常蹬一个
攀

攀上了这山

又盼那山
不觉，到了
中年，老年

呵，人生
踏上起伏的山
呵，山峦
拉起腾跃的线

山路，远远
思路，宽宽
叠成了，一条
地平线

长长的远山
生命的航线

（选自《诗刊》1984 年 3 月号）

北方的山·之一

北方的山
也粗犷，
也腼腆。

三月，雪还飞。
五月，响流泉。
七月，花才艳。

青蒙蒙，如纱。
莽苍苍，如带。
亮铮铮，似剑。

打山里走来的人
有的袒着胸，
有的裸着肩。

从山外归来的人
有的踏着雷，

有的挟着闪。

张弓的张弓。
打箭的打箭。
摇鞭的摇鞭。

雪，在眉梢凝结。
他把烧火的柴
砍下山，送下山。

露，在发尖滴落。
他把喂牛的草
割下山，抱下山。

是山风太紧?
是松涛太满?
是沟谷太宽?

于是，他——
多了一颗

狮子心，豹子胆。

同他唠起来
他的话
也简单，也随便。

听他笑起来
那响动
也亲切，也自然。

“我打山里来。”
“我要回大山。”
山里人哩难分辨。

北方的山
也腼腆，
也威严。

（选自《解放军文艺》1983年8月号）

北方的山·之二

北方的山
是有些不同于
南方的山

就说山林吧
既有潇洒
也有豁然

白桦树
给大山，一篷
风帆

黄花松
给大山，几峰
桅杆

大叶封山
山岭，涨起

绿的波澜

落木萧疏
山岭，结起
金的宫殿

山岭清瘦了
露出
嶙峋山岩

林木饱满了
传出
声声呐喊

把成材送下山去
咱，有柴
就可以取暖

把大梁运出山去
咱，有材

就可以做椽

说的，简短
听的，深远
匆匆，隐进了山

北方的山
就这样加入了
天下的山

（选自《诗人》1984 年 11 月号）

北方的山 · 之三

天边，遥看
有许许多
——山

近前，山脊
腾跳着

根根曲线

此间，京郊八达岭
长城
腾跃在山尖

那垛口，那烽火台
又跃动在
长城顶端

我的思绪，也随之
在盘旋
在伸延

长城，铺砌的
岂止是
——砖

那蜿蜒的山脊
已叠成

长城一线

那沿山脊
走过来的人类
脊梁，在长城上闪

这既是人造的历史
也是
历史的自然

来源于自然的哟
又归于自然
自然

（选自《齐齐哈尔日报》1985 年 11 月 29 日第 3 版）

北方的山·之四

我望北方的山
都像是墙

你遮掩着我

我遮掩着你

于是　构成

重峦叠嶂

那山间

也有云雾飘荡

你浮起来

他沉下去

于是　构成

喧腾的海洋

这

也烘烤着我的思想

那山那岭

该怎样通过

人生的脚步

当如何叩响

蓦地一条小道
旋上那山
盘上那梁
山那边　岭那边
豁然
又一片村庄

同山民唠起来
他指着山岭这样讲
山那旁　岭那旁
埋下我老去的爹娘
身后
又走来子女双双

于是　我的思路
得到起航
我
北方山岭的一个
我在山岭中
收藏

不

我在历史中收藏

那割不断的历史呵

就这样排开

于是　构成了

我熟知的北方

山　边

一面：高

一面：平

一双脚板，走在

这山与道的夹缝

古人咋样犁田

他未曾考证

今人咋样种地

他看得倒清

朦胧中，透
几分清醒
清醒中，罩
几分迷蒙

黄牛的叫声
铁牛的叫声
还有生产方式的变革
都使他去想些事情

过去适应的
今天未必适应
今天适应的
将来还有可能……

于是，他
大腿一拍
大脚一按
往山上登

背后

太阳对准镜头

把他的身影

摄上田垄

（选自《福建文学》1986 第 2 期）

山边子人

两脚踏地

扑腾

扑腾

七月瓜熟了

拍瓜

就是这个声

对襟小褂

闪动

闪动

夏天天热了

吹的
就是这样风

汗道子
顺胸脯子淌
他擦没擦
草叶子
挨脚面子贴
他碰没碰

两肩硬骨，是
横下的
岭
一架脊梁，为
隆起的
峰

跟他上山
增添些：喘
跟他下岭

兜来些：风
平地跟他
得用足劲儿登

每当这时
往往
他总回头
每当回头
往往
他先出声

“山边子道
一面：陡
一面：平
磨炼出来了
能降
能升”

于是
我跟着他

冲
只觉得
脚板，也
硬

（选自《诗刊》1984年3月号）

山里的风

赶上好天
不犯风
山里的炊烟
直直
直直

其实
也不只是屋子的
还有野外的
烧窑的
看瓜老头瓜棚的

也有
秋成八月
放牲口的半大小子
烧毛豆的
淘的

要赶上风正
烟直
他脸上的纹路
深的
浅的
笑的

要赶上风斜
烟歪
他脸上的纹路
横的
竖的
乱的

不过

他也不愁

他说

有大山挡着

怕啥的

（选自《诗刊》1984年3月号）

北方山色

云一样淡。

雾一样浅。

天一样蓝。

呵，北方山色

重也好看。

轻也好看。

风儿吹来。

它是风中的

——帆。

雨儿打来。
它是雨中的
——伞。

此时，正晴天。
云缝里
走出——

红脸的大汉。
细眉的少女。
铁肩的青年。

说声干，只抖开
一地的汗。
一山的烟。

待锄完这山。
待犁完那山。

人，又远……

望去——
人影，山色
同上一个地平线。

（选自山东《牡丹》1983年第6期）

这山那山

北方
孤零零的一山
也有
但是比较少见
这山那山
总是彼此相连

山里
孤零零的一家
也有

但是不算普遍
这家那家
总是接连不断

村里
人
出工收工
总是前呼后唤
扶手搭肩
拉牛犁田

赶上
一家有事
总是
大家忙作一团
不分李四
不管张三

他们管帮忙
叫“劳忙”

劳忙嘛
自然
不图银子
不图钱

他们的话
说得简短
听得随便
意味深远
“红白喜事
不是一家办”

呵　北方哟
这家那家
这村那村
这山那山
长长远远
绵绵

（选自《新月》1984 年第 4 期）

山野　在烧窑

烟升起了
火升起了
山野　在烧窑

烧窑的柴　是
山上的蒿
山上的草

烧窑的人　是
山里的哥
山里的嫂

烟熏　火燎
十指黑黑
脸像火苗

常在山头转
也没有

异样的感觉

只见
山上的土
一天天地少

只见
出窑的砖
一天天地高

待人们走出大山
猛抬头
只见山　不见窑

于是
人们觉得到
人们想得到

有这样的大山靠着
还愁

天下人无房住着

烟升起了
火升起了
山野　在烧窑

（选自《诗》报 1984 年创刊号）

山路行

一条小路
从
山岭穿过
于是
山岭多了
一条长河

一双脚板
从
小道穿过

于是
小道多了
浪花一朵

日月
在浪尖上
升降
山岭
在脚掌上
出没

那过往的
匆匆
隐进那山
这奔来的
匆匆
踏上这坡

脚起
脚落

一浪
接着一浪
一波
连着一波

前
峰峦重重
后
山岭叠叠
小道装订着
岁月一册

小道
从山岭间
流过
岁月
从小道上
流过

（选自《个旧文艺》1984 年第 6 期）

薄　田

走出屋门　便是
山坡砬岗

走上山岗　便是
几亩生荒

春天种地　石子
碰得犁尖闪光

秋天收割　砂石
打着镰刃作响

土地是瘠薄的，瘠薄得
有时只生茧花不生春光

土地是瘠薄的　瘠薄得
有时只收汗珠不收米粮

不过　两只脚板未曾离去
还有那双肩膀

脚下：山石　田土
头上：日头　月亮

田坎埋下老去的爹娘
身后跟来子孙对对双双

地　就是这样地耕着
翻过来翻过去一张一张

日久天长　人们发现
像发现金子一样——

不仅山梁在闪亮
脊梁也在闪亮

不仅有坚硬的山梁
也有坚硬的脊梁

还有一个闪亮的东西
收在思想的秋的土地上

难怪　在他泥漫的仓房门上
常有这样一副对联贴上——

丰年也要写上：杂粮万石
歉年也要写上：细米千仓

刚毅的中华民族呵　就这样
播种在人类历史的薄田上

（选自《长白山》1984 年）

山　垭

一道大岭挡住去路
一条小道穿过山垭
一双脚板在上面踏

石子在脚下滚动

土块在脚下松散

汗滴在脚下飞洒

这儿

与两旁的山比　曾是

一样的高　一样的大

这儿

与两边的岭比　曾是

一样的平　一样的滑

只是因为

人的两脚从这儿常上

人的两脚从这儿常下

当然

也不只因为两脚

也有流水的冲刷

当然
也不只因为流水
也有时间的飞跨

脚板，踏过去啦
流水，淌过去啦
时光，冲过去啦

年深啦　月久啦
终于构成了
这个山垭

山垭
一座日月飞升的垛口
一道历史关闭的门闩

登上这个垛口
打开这道门闩
人生　高举着眺望的火把

（选自《关东文学》1986 年增刊号）

泉水　从山谷流出

葱绿的山
葱绿的谷
葱绿的雾
泉水　从山谷流出

走进谷口
单见
泥流股股
浪花簇簇

岸边　泥
打着曲线
谷底　沙
叠着纹路

河道
清　且浅
流水

有　又无

往上
一根引线的针
往上
一把收口的壶

阶梯
——步步
干涸
——步步

要不是
岸柳悬几丝浪迹
谁能略到，这儿
曾是瀑布如虎

要不是
岸草染几点泥珠
谁能想到，这儿

曾有涓流如注

于是　我想到
父老那浑黄的汗水
是怎样
从枯老的皱纹流出

褐黄的山
褐黄的谷
褐黄的雾
生命　从山谷流出

（选自《青年诗人》1806年第8期）

山　道

山沟里的道
总是贴着河

有时在河右

有时在河左

道随河流改
河随岁月挪

河也多曲折
道也多坎坷

然而山里人
脚步未曾歇

然而道上人
脚印总相接

他有一句话
常是这样说

“多少年的大道熬成河
多少年的媳妇熬成婆”

“山沟里住惯了
脚不偏，道不撇”

说罢脚又起，匆匆
隐进这坡，又那坡

山沟里的道
总是贴着脚

（选自《青年诗人》1985 年第 6 期）

明月山中有

明月山中有
石上响流泉

叮咚欲山北
叮咚又山南

若踏清波去

月光洒一团

再看月下人
点点散散乱

再听月下语
浅浅清清淡

种瓜的谈种瓜
犁田的谈犁田

又是谁家在教子
一传多老远

“丧天良的　咱不干
亏人心的　咱不贪”

“凭筋力所得最坦然
觉　也睡得安”

受指点的孩子听了
两眼盯着脚尖尖

在指点的老汉看了
两道浓眉在舒展

这时节，天边
打道露水闪——

谁的话
“明儿个是好天”

好个清凉凉的月
好个清亮亮的泉

山中住一夜
心儿洗个遍

明月山中有
石上响流泉

（选自《松辽文学》1984 年第 2 期）

北方的河

兴安岭的河

一进兴安岭，
地名
多是河。

——图里河，
——阿里河，
过了甘河是根河……

再看这些河，
一面又多岭，
一面又多坡。

沿着河道走，
两旁，木楞，
垛连垛。

河中走“大杆”[①]，
箭一般地打，
箭一般地射。

听那号子声，
这河唤起
那河接……

待云开，待雾裂，
一川大水
涨浩波。

放筏的汉子，
火红大脸

①“大杆”，即长的木头。走“大杆”，即放木头。

太阳上贴。

敞着胸脯，
汗水，哗哗
往下泻。

落在河里，
吱的一声
炸开了锅。

谁不说
繁忙的兴安岭
多火热！

难怪这多河！
那是林业工人
汗在落。

大碗茶，
一扬脖梗

咕嘟嘟地喝。

一进兴安岭，
步步
都是河。

（选自《解放军文艺》1986 年第 5 期）

松花江畔淘沙歌

绿色的浪……
金色的沙……
松花江畔沙滩上，
走来双双大脚丫。

银锹挖下去哟，
开出朵朵花。
赤臂甩开来哟，
织出片片霞。

挖出金沙去烧砖，
挖出金沙去压瓦，
挖出金沙去浇基，
挖出金沙去铸闸……

流不尽的汗，
挖不尽的沙。
那双金沙磨亮的手，
常常捧出一捧的话：

“我挖金沙铺新路，
金沙邀我同飞跨。”
“我挖金沙筑新桥，
金沙邀我同安家。”

银色的汗……
彩色的画……
松花江畔沙滩上，
飘来点点白布褂。

（选自《人民日报》1980 年 5 月 1 日第 4 版）

第 二 辑

男儿的山·女儿的河

男儿的山

兴安风韵

云
由那岭推向
这岭
风
从这山
拥向
那山

谷底里
抖动着拨弄着
细缓的

山泉
岭头上
锋利着挺拔着
峻峭的
山岩

山花烂漫
给山野
妆点
满目娇艳
落叶飘飞
为沟壑
编织
一地金毡

开山斧
劈着
冬日的
严寒
植树桶

提着
春日的
温暖

小火车
穿越着滚荡着
无边的
声浪
空中索道
呼啸着奔泻着
天外的
呐喊

我
在山岭间行走
脚底下
澎湃着
无尽波澜
胸口上
涌动着

思绪万千

呵
前望
去路
高高低低
呵
后看
来路
曲曲弯弯

一轮红日
高挑在岭头
那是
旋律的指挥
呼唤着
人生
要做勇敢的
追赶

兴安抒情

莽苍苍
莽苍苍
浩瀚的
大兴安岭啊
好一派
风光

山岭
腾跳着　堆堆
雪浪
林木
折叠成　排排
屏障

雷从远天碾来
敲打着
马蹄的轰响
阳光由云缝挤出

点燃着
火的光亮

山那边的屋房
为山岭的
延长
林这边的小道
是思绪的
拂荡

人
从山野走出
像在古画中
来往
歌
从林海飘出
似在古泉中
流淌

红脸大汉

抱

一轮太阳

白发老人

摇

两鬓风霜

春、夏、秋、冬

为山岭

勾勒着

线条的粗犷

晨、昏、冷、暖

给自然

粘贴着

色块的豪放

年久了

（实在是年久了）

山　出脱成

这般模样

月深了

（实在是月深了）

人　磨炼成

这般形象

于是

这造山的力量呵

使大兴安岭

构成了

浮雕一张

天地一方

镶嵌在　起伏在

这古老的

不甚规矩的

大大咧咧的

憨憨厚厚的

北方

兴安日出

人说
红日出升在
东海
我说
红日诞生在
兴安

群山连绵
是大海
腾跳的细浪
雾霭拂荡
是水上
缥缈的轻烟

伐木者的
号子
是摇船的欸乃
飘闪的

衣褂
是鼓荡的风帆

松涛翻滚
为
诞生的前奏
朝霞染熨
做
彩虹的裁剪

当夜歌
刚被晨鸟衔走
出升红日
首先照亮
怀抱开山斧的
红脸大汉

呵
我和红日
一起出生哟

山峦
扩展着
层层波环

呵
我和兴安
一起唤醒哟
世界
壮添着
片片光斑

兴安红日呵
永远
在我胸间镶嵌
前边
永远有一个
鲜亮的明天

裸露的胸脯哟
流淌着

涓涓热汗
舒展的双眉哟
放飞着
眺望的征雁

兴安树色

兴安的山
有松
有杉

山上的树
有直
有弯

林中的人
有愣
有憨

怀里　油锯一把
肩头　板斧一柄
手中　卡钩一杆

随着一声“顺山倒”
搅起浓的雾
飘落淡的烟

小憩　坐上树干
道起地北
话起天南

他说他　自小
在乡间长大
后来才进大山

他说他　进山那时
只是看啥
都觉新鲜

山里人　用作
引火的柴　运出去
都能当柱做椽

从此　他
爱上了大山
一晃度过许多年

后来　他也曾
下了趟山
回老屯转转

叔伯爷儿们
一把抓住他的铁肩
——这是在山里练

话　唠了大半
汗　消了大半
迎山风　又上山

兴安的树
立地
顶天

兴安初冬

初冬小雪后
大兴安岭 别有
一番气派

红的 更红
青的 更青
白的 更白

那峰峦 那树木
显得
既清秀 又丰采

那沟头坡脚　夏天
一朵朵黄花　曾在
林业女工鬓角上戴

那谷口岩边　春天
一束束翠草　曾在
林业男工帐篷边栽

那崖畔山头哟
曾有一片片彩云
飘过去　荡过来

此刻　那雪染的
林间小路　从岭端
分明地挂下来

一双双脚板
嘎　嘎
在上面　踩

是山风吹得太紧
早已　红了鼻子
红了腮

不过
他啥也没讲
只是望望　脚又迈

是的
采伐到了黄金季节
有本事　拿出来

一把板斧扛在肩
用手一搪
嘿　飞快

大兴安岭人
自有
大兴安岭性格

他（她）喜欢和山林

肩并着肩

怀对着怀

初冬小雪后

大兴安岭　方显

英雄本色

山　魂

石头山

黄土岭

上面　生着

古柏

上面　长着

苍松

花儿

开了　又落

叶儿

落了　又生

年复一年

春夏秋冬

谁能料到

山　还有

什么魂灵

然而　它

哺育着叶绿花红

株株　丛丛

谁能想到

山　还有

什么血性

然而　它

成熟着野果树种

密密　层层

年轮　该扩展的
在扩展哟
在扩展
林木　该出山的
运出岭
运出岭

山路　该伸延的
在伸延哟
在伸延
葱茏　该下山的
飞下峰
飞下峰

呵　青春在展翅
这山绿了
那山绿
呵　生命在播种
这岭青了
那岭青

于是

山外　生长着

山

于是

岭外　生长着

岭

我

北方山岭的二个

既有

山的古老

又有

山的年轻

大兴安岭

男儿的山

向上　拄着

云外的天

向下　登着

脚底的岭

山　韵

匆匆地行进
这山
——远了
那山
——近

登上峰头
风好紧
临近峡谷
声又隐
思却频

此无音
胜有音
声声叩问
敲山门
雪似银

山未老哟

多嶙峋

添精神

风过莽林

犹抱琴

待明春

烂漫山花

真似锦

舞缤纷

画样新

有道

人生添新韵

请到山里来

思绪远

体会深

哥

直到　今时
我才　真真知晓
哥哥的　苍老

山
高一座的　低一座的
竖着　立着
　　在颜面上　我找
　　走过的　山有多少
　　颜面上　就有多少

沟
这一道的　那一道的
横着　卧着
　　在前额上　我瞧
　　踏过的　河有几道
　　前额上　就有几道

那　曾是
风　也飘飘
雨　也飘飘
　　风雨　几度
　　在上面　也只是
　　轻轻　一烙

那　曾是
霜　也渺渺
雪　也渺渺
　　霜雪　几遭
　　在上头　也仅是
　　匆匆　一雕

当年　风雨
抽打时　他
全然　无知无觉
　　所能知觉的　只是
　　风雨漫天　好像
　　大河洗澡　浪波欢跳

当时　霜雪
飘落际　他
未曾　细瞅细瞧
　　所能看到的　只是
　　霜雪飞落　好像
　　正月十五　燃放花炮

山路　高高
脚板　高高
脚板踏动处呵　正好
　　可以　吟咏
　　车　辚辚
　　马　萧萧

大道　遥遥
脚步　遥遥
脚步穿行处呵　恰巧
　　可以　唱道
　　山　重重
　　水　迢迢

而今　毕竟
是　有些年迈了
岁月　不饶人
　　可他　还在
　　山路上　一步步
　　走着

而今　毕竟
是　已经古稀了
时光　催人老
　　可他　还在
　　山顶上　一眼眼
　　望着

蓦地　我发现
他弯曲的　身腰
紧连着　他走过的桥
　　那桥呵
　　曾　跨过
　　流水　滔滔

蓦地　我看出
他眼波的　闪耀
正扫着　他踏过的道
　　那道呵
　　曾　走过
　　长风　浩浩

这　仅仅是
八十春秋的　岁月
八十春秋的　岁月
　　只　青了几次叶
　　只　红了几次花
　　只　黄了几次草

这　仅仅是
三万晨昏的　天日
三万晨昏的　天日
　　只　下了几场雨
　　只　涨了几场水
　　只　改了几次道

一本　历史挂历
就这样　默然
印下　订好
　　一尊　时光铜像
　　就这样　杳然
　　铸起　立牢

直到　今日
我才　深深明了
岁月的　风貌

女儿的河

我是女子

我是女子
我秀美
我飘洒

我走上大街
多了一片
彩霞

我走进家庭
多了一朵
鲜花

我走向清晨
吹起一缕
清爽的风

我融进黄昏
飘来一蓬
温柔的纱

我不是蜜
却甜了孩子的
酒窝

我不是酒
却醉了男子的
面颊

因为我是女子
我才知道
我是啥

生活是画
我是
画上的花

生活是酒
我是
醒酒的茶

我是花

我是女子
我是花
但是　我并不是
在绿叶的衬托下

三月春来早
我是早春里
过早脱掉的
纱

盛夏亦多绿
我是绿荫下
一只解渴的
瓜

冬天是素雅
但是　由于我的出现
雪野
变得多姿更火辣

秋天是肃杀
但是　由于我的来临
山果
老成了飘落的霞

我是出水的天鹅颈
我是出浴的披肩发
我是百花园中的灵芝草
我是洛阳街头的牡丹花

世上有了我
山色青岚景物佳
世上缺少我
荒漠漫漫尽是沙

看天天也高
看地地也大
一根琴弦断了音
满耳皆沙哑

因为我是花
我更知道怎样去护花
我护花　不怕风吹和雨打
越吹越打花越发

我护花
我更知道怎样去温柔他
他说了
有我才有家

我是女子
我不是花
但是　我是在
绿叶的护卫下

女人传

男人没在家哩
女人在这样唠

女人是什么　女人是男人的挡风袄
女人是什么　女人是男人的避雨袍

女人是男人等着割的韭菜园里头一刀
女人是男人等着尝的葡萄架下瞎胡闹

女人是男人炭火盆里炸着的红辣椒
女人是男人嘴里正在嚼着的咸菜条

女人是男人高粱地里的苣荬菜
女人是男人柳条通里的柳条哨

女人是男人夏天晌午的蝈蝈笼
女人是男人天头黑了的蛐蛐叫

女人是男人灯前钉着的衣裳襟
女人是男人树下掩着的鞋口条

女人是男人茶壶煮的饺子不好往外倒
女人是男人牛套套的扣系上就系个牢

女人是男人下蛋抱窝的鸡和鸭
女人是男人看家望门的狗和猫

女人是男人身上的衣帽人前的笑
女人是男人手中的烟袋削瓜的刀

女人是男人灶坑门前的烧火棍
女人是男人煮米锅下的老荒蒿

女人是男人发火时的酸菜缸
女人是男人醉酒际的泔水瓢

女人是男人阴雨天嘴馋的大马勺
女人是男人半夜里腾出的凉炕梢

女人是男人在外偷着闻的香荷包
女人是男人在家抱着啃的发面糕

女人是男人铺过的老蒲草
女人是男人走过的老磨道

女人是男人顶着星星下地的小鸡叫
女人是男人伴着月牙归家的镐头锹

女人是男人离家门前的老榆树
女人是男人归村脚下的霜板桥

女人是男人的丁是丁
女人是男人的卯是卯

女人是男人的擀面杖捶木石
女人是男人的大鼓书秧歌帽

女人是男人青梅竹马时节的开裆裤
女人是男人老弯了腰时候的羊皮袄

女人是男人的歌　一年年唱下去
从年轻一直唱到老
女人是男人的蜜　一天天喝下去
从树根一直甜到梢

没有女人的白日　男人不好过
天天日食没完了
没有女人的夜晚　男人不好熬
夜夜月黑寒风高

女人是男人的魂男人的胆
女人是男人的杏男人的枣

女人是男人的无字碑任凭他人把字凿

女人是男人的有星秤任凭他人把砣找

要不信请你看看山上那石头
每块石头都有一首关于女人的歌与谣
要不信请你看看家中那碗瓢
每个女人都有一部关于日月的书和稿

不过说这些话的时节墙上挂着的日历还叫
皇历岁月属于当年在早
那会儿鲁迅先生笔下小说里还将那些小脚
女人写成七斤太八斤嫂

女人没在家哩
男人也这样唠

女　书

在祖国的大西南
在湘西　在鄂西
有这样一种书　叫作女书

那是母亲传给女儿的
一辈辈地这样在传着

那是女儿接受母亲的
一代代地这样在接着

那是女儿压箱子底的
一箱箱地这样在压着

这书　在你看它时
却全全不认得

这书　在你不看它际
却又是都认得

人说　这书是天书
它的名字叫作——《戒》

要问它为什么叫作《戒》
那是这方挪亚方舟闺阁
在寄那方天方夜谭世界

出嫁前夜

女儿要出嫁了
就在明天
天明就要随人家去了
这夜
她要挨着妈睡一宿

她紧紧地挨着妈
紧紧地搂着妈的脖子和身子
用手去抚摸妈的乳头
完全像个孩子

妈没有推辞
心却飞向了遥远的过去
那是在小时候
她也在妈妈身边

月朗星稀
她清晰地记着那夜
所感是怎样产生的
她并不清楚
她只知对女儿说

几年后你也要当妈妈
你也会有孩子挨着
柔情都是一样的
当女人的往往都是这样温柔

她倾听着
这些并非陌生
但是却又都那样的遥远
只觉得尚未等做母亲哩

就有着这许多扯不断的母亲的情丝

不知何时
她流下凄怆的泪
妈也流下凄怆的泪
天可别明

爱的处女地

天边　一片流云
飞升在那山那岭那江那河
飘逝着起伏着我记忆的童帆

儿时的眺望与年轻时的顾盼
总在我托腮的相思里
一瓣花香一声鸟语和流水音
都是向往的歌吟
生命之树

欢快在鸟儿做就的窠臼上
鸟卵孵化成故事
星星月亮般的
猫眼祖母绿宝石般的

美的心灵在采撷
那是渴求地发掘与开拓
我们脚步打下的那一刹那
明天已在迈动
苗条的山影
扯动着我痴迷的风筝线

胸前
永远是磅礴欲出的红日
飞舞的红头巾和高扬的花手帕
剪彩着人间的爱的结局
春的芳草地艳阳天和花蝴蝶
蓝天下
叠印着丰满的所在

沙漠的骆驼草慢慢走过
海岸线的剑麻丛缓缓走过
莽莽的热带风和半透明的亚热带雨
一样地梳理着或幻或梦的相思
人类在匆匆行进中
谁知谁与谁相认

天边　一片流霞
那是映衬着的我的
爱的处女地

山　杏

常常是
三三两两地
开在山间

它开的时候
天头

也寒也暖

只要是开

它就开得大大方方

随随便便

自从它的绽开

山谷

多了一些烂漫

多了一些烂漫

少了一些素淡

美也美得自然

只是

杏子青青的

有些儿酸

酸有酸的特点

山村女子常常

这样交谈——

山杏　用这酸的野的

护卫着

美的尊严

北方的山杏

春天的酒旗

野地的诗篇

（选自《特区文学》1985 年第 4 期）

采野花

那是在每年五六月

野花盛开的时候

村女

才上山去采花

采花季节

也是女人换季的季节
她们多是穿些
浅色裤子　淡色褂

她们采花
脸儿笑成一朵花
裤腿脚穿山呼啦啦
前也呼　后也答

她
也不是不养花
养花　常常养在
窗台上屋檐下

可是　没多久
她就把它全忘啦
照样地
走出屋门去观野花

她们说　野花是真正的花

只要是开　就开个利利落落
从不吞吞吐吐　羞羞答答
见了骨朵就见花

她们还说
黄花苗子花能做菜
野玫瑰花能制茶
不招蝴蝶的花是谎花

这山野的青枝绿叶红瓣瓣
真个胜过茉莉花
一句话
野花　胜家花

说着
顺手摘一朵
抿抿发　迎着山风鬓角上插
红了两面颊

五六月

山花好看　人好看

野地里

到处是人　到处是花

人们还发现

山野女子　从来没这样美

只是

脚板儿有些个大

（选自鹤岗《春风》1986 年第 2 期）

第 三 辑

老村古歌·农民父兄

老村古歌·农民父兄

形　象

头上是天。
脚下是地。

他，在中间
——撒籽；

他，在中间
——扶犁。

老天，给他
发芽的雨；

大地，给他
生根的泥。

他，开拓在
天地里……

庄户人

他背着犁，
他走在田野里。

日光，把他的
影子，印在地；

月光，把犁的
影子，印在地。

印在地的，还有

他心上的金色的五谷；

印在地的，还有
他眼中的绿色的苗子。

他背着犁，
他走在春秋里。

指 纹

长的是：撮。
圆的是：斗。

老农，总好这样称呼
他的手。

用它握锄，收回
一撮撮的谷；

用它握镰，收回
一斗斗的豆。

颗颗指纹印在地哟，
于是，土地成了——

收金的：撮。
量银的：斗。

盼

种子下地了，
他盼：苗快出。

苗儿拱土了，
他盼：快成熟。

庄稼上场了，

他盼：籽留足。

他也盼他的孩子，
快长大。

他说：“庄户人，
立事要早，要付得辛苦。”

时　光

他，掐着
手指算——

今天：小雪。
明天：大寒。

三月：打套。
五月：犁田。

今年头年打春，
来年春脖子短。

他算时，是
那样认真。

仿佛数落着
珍珠串串……

渴

他一头的汗，
他两臂的汗。

他，捧起
湿漉漉的瓦罐。

一扬脖，咕噜噜

喝得个甜。

随后，用手背抹把嘴，
挥起锄头又去铲。

呵，在他站着
饮过水的地方——

小苗，顶着汗珠儿
往上蹿……

尝

粮食，晒了
——一场；

星光，落了
——一场。

阳光里，他捡起
一粒粮。

往口一放——
咯嘣！一声脆响。

这时，他满脸是笑，
真比吃到蜜还甜香。

——尽管一年到头
他像蜜蜂一样。

簸

他把簸箕端在手里，
他开始簸粮。

他，向上一簸——

粮食粒儿弹起；

他，向下一扇——
扇去瘪稗皮糠。

随后，他又用口
轻轻地吹；

随后，又把粮粒
放在手上——

“呵，你对它怎么样，
它就对你怎么样。”

关东的大花炕席

关东的大花炕席
闪着光亮。

关东的大花炕席
铺上土炕。

关东的大花炕席
秫秸编的。

人，挨上它，
仿佛走进了青纱帐。

人，贴近它，
仿佛贴近了红高粱。

妈妈说，生我时
就铺着大花炕席一张。

农家酒

二锅头。
高粱酒。

庄稼汉，说它
劲头儿——有！

他喝酒，往往
大葱一口酒一口。

捧起瓶子，嘴对嘴
只猛地一掴。

酒喝够，脸红透，
站在风里敞着扣……

生活的酒哟，
味儿更厚。

土

有人说他
——土！

他听了非但不生气，
反而笑眯了目。

他说："没有身上的土，
哪有地上的谷？"

他说："没有地上的谷，
哪有脚下的路？"

"连你也是土中生的，
信不？"

"我是有点儿
——土！"

黑　夜

一根火柴，
把屋子划个通亮。

片刻，火柴灭了，
屋子里，只有他烟袋的响。

——他，开始数落了：
东江湾的高粱蹚上二遍；

——他，开始盘算了：
西山坡的豆子也应该蹚。

烟花一爆，像豆粒在闪；
烟丝一吐，像炊烟飘香。

现在正是黑夜，可他看这些
真比点着灯还真亮。

有时 他也愁

他昂着头。
他低着头。

有的时候，他
——也愁。

他愁，但
很少说出口。

要说，他就说：
“苦日子总算熬出了头。”

只是心里还搁着一句：
“这甜味儿能不能长久？”

他背着阴影走。
他朝着亮光走。

农家的奖状

他得了张奖状，
他把它镶进镜框。

镶进镜框里的，还有
他全家的相。

那一张张相哟，
压住了字儿行行……

然而，却半露着
“奖状”的两个字样。

呵，那是农民父兄们
袒露着微笑的面庞。

火腾腾的生活，
正在这里翘首张望。

新秋 一丝风

新秋，
一丝丝风……

穿过小桥，
飘上田埂。

响了，笑的铜铃；
艳了，香的鞭缨。

场院，太阳一轮；
银镰，月牙一弓。

这，用心耕的年景，
敞着人们心的窗棂。

新秋，
一丝丝风……

牛样子弯弯

牛样子弯弯……
牛样子卡上牛的肩。

就像一弯月牙，
横上一座大山。

就像一道长虹，
跨上一丘农田。

它拉起车
——日、月在转；

它拉起犁
——山、河在闪。

牛样子弯弯……
牛样子留下直的线。

牛犊儿

牛犊儿刚一落草，
就支巴着乱闯。

老牛倌儿说：
“这是它在拜八方。”

果然，胎毛没干，
就把蹄膀儿敲响。

牛倌儿的儿子看了，
搂着牛犊儿脖子讲：

“呵，真棒！
到时候跟你一副犁杖。”

牛倌说：“三岁壮牛十八岁汉，
土地需要你俩结成一双。”

关东村女图

三月，柳条儿青，
姐妹们出村东。

柳条筐一挎臂显轻，
走道像刮风。

她道挖车轱辘菜，
她道挖婆婆丁。

挖不尽的心里话，
满道满甸子上扔。

只弄得，野花
这朵蓝了，那朵红……

关东村女图，总有马莲花
开了一头顶。

看瓜女

柳叶儿眉。
瓜子儿脸。

一顶马莲坡草帽
溜上了肩。

袖高挽，裤脚宽，
眼前芨芨草花开一片。

村子里的淘小子，都说
这看瓜女子厉害着呢！

可她，常站在田边上喊：
“过路人解渴不要钱。”

七八月，庄稼院
要多甜有多甜。

青绿绿的山顶上

这时节的农家哩，
说不忙，也忙。

关不住的姑娘媳妇，
叽叽喳喳翻上了梁。

这也说，那也讲，
锁不住的话儿装满筐。

嘴上说是在骂对象，
嗓子眼里却扬起小巴掌。

最是小姑子心眼儿细，
忙给嫂嫂采酸浆。

七八月，青绿绿的山顶上，
多彩的生活在流淌。

丑 子

时代变俊了，
她还叫丑。

名丑人不丑，
今年十八九。

要耙能耙，要耧能耧，
未从走道风摆柳。

小伙子围着她，夸她：
“好手头！”

她，瞅没瞅，
吆着牛儿田里走：

“天增岁月人增秀，
谁个不风流。”

天仓 地仓

二月二，这天一大清早起来，
他，就里里外外地一阵子忙。

先到灶坑门脸前，扒柴草灰，
蓝瓦瓦的，柳条簸箕里面装。

小灰端出了屋，他站在院心，
蓝瓦瓦的，开始画圆又画方。

画圆圈圈时，他的两只眼睛，
笑成了酒盅，样儿又圆又亮；

画四方方时，他的一张大口，
笑成了升斗，形儿又方又敞。

然后默语祈年讲：天仓地仓[①]，

---

①天仓地仓：农村有农历二月初二画仓的习俗，称画仓，也叫天仓或地仓，以为祈祷丰年。

我和我的五谷在天地里头装。

二寡妇家

村头二寡妇家，
人寡，家不寡。

春天种地，有人
帮着来种。

秋天拉地，有人
帮着来拉。

平常素日，也有些男子
帮忙这帮忙那。

有人要和她单独唠唠，
她，拢拢发：“我心中早有了他。”

说罢，去下田，
一条蓝围裙呼啦啦……

二人转

大豆扬花香瓜开园，
忙了半年的村子得了闲。

村子得闲又未得闲，
请来了戏班子唱起二人转。

张家哥拉起了张家嫂，
依着歪脖子柳笑呵呵地看。

台子上二人唱得欢，
台子下他俩笑得甜。

两颗心也在咚咚一劲儿拱，

结婚这多年才知道恋。

晚上两个人回到家，
都说，二人转真开眼。

看二人转

关东人，爱看
二人转。

看二人转，总爱
二人看。

只要小伙子一声唤，
大姑娘多高的墙头也能骗。

爹看了，娘看了，
只觉着有些不顺眼。

可是，背地里
他俩也是那样并肩看。

还说，咱那时候
可没有今天这样随便。

第 四 辑

山里山外 · 山上山下

山里山外·山上山下

山上人家

山高。

岭高。

人高。

太阳出来，

当作灯笼

——挑；

月亮升起，

当作镜子

——照。

白云，

也赶来

擦窗；

彩霞，

也飞来

点灶。

亮堂堂的山地。

风流流的人家。

清爽爽的世道。

再看山上人——

顶着太阳

抿着笑。

喝水。

大嫂，

井台上唠：

“喝吧，
这里山高，
这里水好。”

问道。
村头，
银须飘飘：

“走吧，
出了小道，
就上大道。”

若到家门儿，
那景象，
更火爆——

一家来客，
大家来瞧，
敞着窗子对着唠……

人言，山高太阳近。
对了，太阳
在人心上烙。

人言，山高出俊鸟。
果然，人心
更比翎毛俏。

人言，山高人更高。
是的，大山
垫着人的脚。

山高。
岭高。
人高。

（选自《大兴安岭文艺》1983 年第 4 期）

山下人家

青山坡下
黄土坡下

有小村一个
住着人家仨俩

清晨出屋，踩着
黄亮的泥土

傍晚归来，贴些
金色的泥巴

这已是多少年了
只见——

揭开黄土层层
掀开张张图画

抹上一层黄土
增添一成年华

树叶黄了，又绿
日影上了，又下

黄土担了
一筐，一筐

房屋换了
一茬，一茬

蓦地，有一日人们发现
像收获到了庄稼

门前的小道，就是
扁担一根——

一头担着：大山
一头担着：人家

山里人家

在山里
天头黑得早，
天头亮得晚。

是的，
夜幕还没降，
山影就下山。

山影里，
灯影，跳上
三点，两点……

灯影里，
人影，闪在
窗后，窗前……

有的扒麻；
有的整套；

有的磨镰。

最是孩子妈妈事儿多，
又拣筷子，
又刷碗。

奶睡孩子坐灯前，
拿起了鞋样儿
引上了线。

不时地回过头，
他，在身边
睡个甜。

顺手掖掖被子：
“明早，他还要
蹚着露水去犁田。”

夜，已深。
鼾声，远。

星星，全。

大概
也是习惯了吧，
也是习惯。

山里人，
拿着身子当地种，
拿着黑夜当白天。

在山里，
天头亮得早，
天头黑得晚。

（选自《北方文学》1984年第8期）

山外人家

一条老道，从
山豁流来

歪歪斜斜
两根大辙，沿
山坡挂下
飘飘洒洒

道那端，辙那端
系着
大山几架
道这端，辙这端
坠着
几户人家

在这里看天
比在山里
果真是豁朗
在这里看地
比在山里
显然是远大

连风吹的都像箭打

从前心到后心
凉哇哇
连日照的都像水洗
从头顶到脚下
白花花

心，也抖开了
——缰
望，也跑开了
——马
不过，山外人
并没有把大山丢下

他们说
这砌墙的石
就是在大山上打
他们说
这顶梁的柱
就是在大山上伐

“早看东南山”
——明灭了
几片云霞
“晚观西北天”
——晴阴了
几座山崖

他对他们的后代
也常留下
这样的话
就像他们的先人
曾把这话
留下——

往上上
登着大山
——上
往下下
登着大山
——下

有大山垫着脚

经得住摔打

到荒年，也不怕

还说，望山久远

对世道，也是

这个起码

（选自《个旧文艺》1986年第3期）

山家人家

远看，石径斜

近看，有人家

石头台阶

木头篱笆

山墙就山砌

土炕就山搭

清晨推窗，野花
涌来当家花

夜里关门，云霞
当作门帘拉

去砍柴，小道
当作柱棍拄

来担水，溪水
又做青藤爬

山里人有个习惯
一时不谈山　觉都睡不下

山里人有个特点
一夜不梦山　清晨都无话

他说啦，山是
他的伙伴

他说啦，山是
他的骨架

他说，他在山里卧
山在他的身边爬

他说，他在山顶登
山在他的肩头挂

难怪人们望山
总要想起他

他是大山的成员嘛
自然，缺了他还像话

大山是他的家族嘛
当然，有了它才像画

（选自《新地》1984 年 6 期总 23 期）

永恒永恒

走进石场
我听到一个
永恒的
声响

顺着声响望去
我看到一种
永恒的
闪光

当当，当当
单调中，粗犷中
我迎向一尊
石像

石像前，
我看到一个
雕琢的
石匠

石粉，染白了
他的眉毛
碎石压弯了
他的脊梁

他
坐在乱石堆里
跟石像
没两样

只有那双眼睛
还在闪动
说明，头脑
还在思量

雕
石匠对着石像
雕
石像对着石匠

（选自鹤岗《春风》1985 年第 3 期）

第 五 辑

大道歌者·大道歌

大道歌者·大道歌

大道在前

越岭。
穿山。
大道——
在前。

野云低飞
——做伞。
山风扑面
——当扇。

摘朵黄花，

帐篷里装点。
灌壶溪水，
彩霞里用餐。

月亮升起了，
我们曾这样交谈。
曙光来临了，
我们曾这样祝愿。

走过的路：
也苦，也甜。
前边的路：
也近，也远。

祖国的要求——
穿山的箭。
人类的呼唤——
赶山的鞭。

当标桩打下，

当选出新线，
我们又开始：
人走家搬……

当标杆一立，
当测旗一层，
我们又踏上：
新的起点……

大道。
青天。
我们——
登攀。

（选自《诗刊》1978年第10期）

剪 彩

大道。
长天。

彩带。

今天——

通车。

剪彩。

随着剪刀一声响亮，

眼前流过蜜的河。

眼前流过火的海。

汽车，铁牛开来……

马车，耕犁走来……

笛声，喇叭飞来……

载着行李、标杆……

拉着种子、蔬菜……

运着文具、教材……

孩子追着："快……"

老人赞着："盖[1]……"
情人问："爱吗？""爱。"

谁的歌？竟从云头滑下来：
"多谢筑路人哟，
剪落彩虹铺边塞。"

谁的笑？竟同山花一起开，
"只因汗水洒哟，
才有彩虹飞山外。"

同声唱：
"努力创造新生活，
人间春色任剪裁。"

歌声远了，又来……
轮花淡了，又栽……
猛抬头，浪花摆……

---

①"盖"，吉林土语，好的意思。

大道。

长虹。

彩带。

（选自《诗刊》1978 年第 19 期）

标　桩

莽苍苍……

千里皆大荒。

桥，

埋在溪流里。

路，

拴在古藤上。

咋闯？

忽见前面有标桩。

桩号火炭红，
桩色金子黄。

钉在高山顶，
打在大河旁。

一颗，两颗……
排成行；

一行，两行……
图一张——

点点篝火旺，
闪闪车灯亮。

云峰铁臂摇，
雾岭砸大夯。

风里，雨里……
养路工；

岭上，岭下……
道班房；

千里，万里……
车轮飞；

南方，北方……
喇叭响。

扑面的风……
拍胸的浪……

展翅的鹰……
滑翔的桨……

心中话，
句句都发烫——

祖国养路工，
就是这闪闪的标桩。

这闪闪的标桩啊，
就是养路工的心在发光。

（选自《诗刊》1978 年第 10 期）

修道的人

修道的人
红脸的汉

夕阳曾照
朝阳曾染

两只脚：踏上道
一条道：担上肩

一生里，不懂得诗
却把诗行写满大山

一生里，不大好唱

却将歌声扬遍水畔

铺的大道是诗行
造的桥梁是琴键

弹呀，弹不完……
唱呀，唱不断……

夯打：三月雷
锹展：八月雁

鸡鸣：霜晨月
柳摇：新暑天

桃花谢了——春淡
枫叶红了——秋艳

日月如梭——鬓着雪
流水如箭——发添斑

头枕青山睡
脚登石头眠

愿将身子做条道
留给人间……

修道的人
实心的汉

（选自《海韵》1980 年第 2 期）

形　象

我是多么的喜欢
——线条；
我是多么的陶醉
——素描。

淡淡几笔，就把
轮廓勾好；

浅浅几线，就把
形象精雕。

是春天的雨丝呵，
把山影打俏，
是秋天的阳光呵，
把田圃绣娇。

而今，我来到
道班房里，
却见了一些
线路图表。

它，只是那样
略略几笔，
它，只是那样
粗犷几扫。

后来，我跟他
登上大山。

看见了，道路
在他脚下飞飘——

一道，两道……
近了，远了；
三道，四道……
弯了，曲了。

在这样的线条下
世界，变好，
在这样的线条下，
人类，变娇。

后来，我跟他
随便闲唠。
看见了，皱纹
在他脸上蹦跳——

一道，两道……
深了，浅了；

三道，四道……
粗了，细了。

在这样的线条上
他，变老；
在这样的线条下
人，年少。

于是，我猛地惊叫：
这是多好的线条；
于是，我蓦地赞道：
这是多好的素描。

岂止是素描？那是
养路工心血在浇；
岂止是线条？那是
养路工思绪在飘。

（选自《青海湖》1984年1月号）

山　雨

风起
云涌
漫天里，雾
蒙蒙

一声霹雳
——箭箭雨
一声号子
——杆杆风

钢锹，削云
梳出天边月
脚板，搼雷
满路抛流星

是虎
——跃
是龙

——腾

东海抬来
——顶
天河倒下
——迎

横看
——成岭
侧看
——成峰

要岭有岭
要峰有峰
镇涛锁浪，有咱
养路工

雨过
天晴
猛回首，路

如铁似钉

（选自《工人日报》1983年3月4日4版）

山　影

重重……

重重……

山影——

斜映。

山影里，人

三点两点；

人影里，笑

三声两声。

在山的怀抱里，人

是山的子孙；

在人的心目中，山

是人的房东。

帐篷，是它的
门窗几扇；
小道，是它的
几弯青藤。

户口本，挂在
山岩之上——
于是，大山
有识天下英雄

这一队：
龙山，虎岭；
那一队：
赵虎，张龙。

问他采下的石。
他，望望山：
“与大山比，仅是
它的几斗几升。”

问他挖下的沙。
他，看看岭：
“与大岭比，仅是
它的几杯几盅。”

可是，有一日
公路穿山；
可是，有一日
汽笛长鸣……

笑语里，人们
用双目——
把他和大山，拍成
一张合影。

（选自《飞天》1983年2月号）

爱

一个
——爱路。
一个
——爱车。

车——路
相接；
心——心
相贴。

修路的想：
把路修好，
让他晴雨无阻
——多阔；

开车的想：
多拉快跑，
让她修桥补路

——也乐。

天长日久。
情投意合。
就是，一层窗纸
还没有捅破。

这天，他
来道班加水。
她笑眼里端出
清泉两窝。

已瓜熟蒂落。
路直，车快，
“八十迈！”
到唇边又改辙：

“你看看
——这路。”
“你听听

——这车。”

一个红了脸，
如花似火；
一个胀粗脖，
汗像小河。

“嘿嘿……”
临了加一句
“这天——
真热。”

（选自《广西文学》1983年第1期）

测旗，红一点

绿葱葱……
绿葱葱……

万绿丛中，

忽见：一点红。

飘飘，河西。
闪闪，河东。

耀耀，如霞。
艳艳，似星。

飞出了，飞出
帐篷几顶；

插上了，插上
青峰几重。

染红了，染红
白云万片；

融进了，融进
蓝天万顷。

随着测旗一层，生活
揭开新的内容。

这儿，标出街道。
那儿，立起新城。

林荫道。
马路灯。

大街，小巷，幼儿园……
旮旯，胡同，笑语声……

同他唠起来。
挥旗人，兴犹浓。

建设哟，洒下热汗
几石，几升……

前进哟，踏上征途
百里，千程……

沸腾的生活。
壮阔的人生。

测旗，红一点；
大日，升于东。

（选自《雪莲》1981 年第 4 期）

加油站

阳光：一片……
金波：一片……
在远去的公路旁，
立着：加油站。

加油站，
门开两扇。
一根输油管，
咕咕把油灌。

油箱，加满，
火花，点燃，
火花呵，也在
司机胸口穿。

走过的道：
在后，在后……
未来的道：
在前，在前……

人生，就要
不停地赶；
旅途，就要
不断地攀。

呵，旅途是箭
这站是弦；
呵，人生是弓
由我来扳。

射向：明天。

射向：明天。

我们的车呵

从不打站。

苍山，一片……

烟波，一片……

在远行人的心里

装着：加油站。

（选自《解放军文艺》1982年第8期）

开门见山

楼外

——楼。

天外

——天。

撩开缦雾，

涌朝霞万点；
垂下夜幕，
升一弧炊烟。

才送走，
大山万座；
又迎来
万座大山。

出工，喜与
大山结伴；
收工，好和
大山并肩。

人说，大山是
道班的围墙；
我说，道班是
大山的门扇。

当手锤敲响，

当钢钎磨短，
又一条公路，
落进山间。

这时哟，
工人笑眯了眼。
笑纹里，汪着：
三分醉意七分甜。

呵，我们
身后是大道；
呵，我们
前面是大山。

岭上
——岭。
山上
——山。

（选自《长春》1979 年第 6 期增刊）

车到山前

呜，呜——
车到山前，
可有路？

一把剑：戳着天。
一面墙：锁着谷。
一线路：卧着虎。

司机擦擦风挡。
司机查查油路。
司机踏踏双足。

油门一加——
刮起风，
扬起土。

挡位一挂——
打响雷，

擂响鼓。

见了些：草。
迎了些：树。
碾了些：露。

锤打着：石。
夯砸着：汗。
锹挑着：雾。

指路标哟，
多醒目——
上山，起步！

揭示板哟，
真清楚——
越岭，加速！

山高——路高。
山熟——人熟。

脚下——通途。

后视镜里：
养路工——山，
难分出。

呜，呜——
车到山前，
必有路！

（选自《诗刊》1979年第2期）

望　山

生就的骨头，
长就的脚。
平生，专好
沿山跑。

这山望着

那山高，
到了那山
把脚跷。

头晌，这山
抡几镐；
后午，那山
挥几锹。

就这样，
年复一年；
就这样，
花开花落。

曾问过他：
“苦吗？”
他，轻轻
把头摇；

曾问过他：

“累否？”
他，淡淡
只一笑。

当人们，看到
蜘蛛结网。
心头，火花
猛地一爆——

蜘蛛，过后，
留的是：丝；
他们，过后
留的是：道。

是呵，养路人
吃的是：苦；
是呵，养路人
吐的是：笑。

生就的骨头，

长就的脚。

平生，专好

把山凿。

（选自《萌芽》1983 年第 8 期）

走在大道前

箭打地一般……

箭打地一般……

向南山。

向北山。

锹，在手。

锤，在肩。

人说，建设

走在光明前；

我说，车轮
走在建设前。

人说，大道
走在车轮前；

我说，我们
定在大道前。

逢山就开路，
遇水就架桥。

前脚：追。
后脚：赶。

深沟，高垒
——行行雁，

远山，近岭
——支支箭。

我们是——
先遣兵的兵，

我们是——
先行官的官。

呵，车行万里
道在前；

呵，大道通天
我在先。

任务：重。
道路：远。

雁飞的一般……
雁飞的一般……

（选自《新苑》1980年第4期）

高山流水

似闪。

似雷。

高山——

流水。

前车

——赶；

后车

——追。

山，也跟着

——跑；

岭，也随着

——飞。

车上，拉着

——锤；

道上，落着

——雷。

一车青年人，
歌声可真脆。
绕——山南，
飞——山北。

“开山，锤
——我挥；
铺路，石
——我推。

“时代要路
我献路，
筑路要锤
我做锤。

“我，就是
——路；
我，就是

——锤。

“时代在我
路上跑；
我在时代
车上飞……”

歌罢，山间
涧水沸，
望去，群峰
争列队。

山，展翅，
水，摆尾，
皆同脚步
向朝晖……

似闪。
似雷。
高山——

流水。

（选自《萌芽》1983年第8期）

车 轮

圆圆的车轮——
团团地转，
隆隆地滚。

碾碎的是砂石，
甩开的是黄尘，
取得的是前进。

告别的是昨天，
奔向的是明天，
驱动的是今天。

艳艳的红日——
腾腾地升，

匆匆地奔。

（选自《人民日报》1981 年 2 月 24 日 8 版）

早　晨

路灯熔尽……
亮了，天边的霞。
艳了，生活的锦。

晨风吹散了烟尘。
霞光扑进了窗门。
露珠斟满了禾心。

蓦地，一阵喇叭。
蓦地，一队车轮。
蓦地，一道辙印。

车间，迸出火花。
田野，走来人群。

校园，飞起彩裙。

这儿，夯声阵阵。
那儿，雷声滚滚。
前面，浪花纷纷。

真的，仿佛哟——
睡了一宿的觉，
浑身都加足了劲；

真的，仿佛哟——
合了一夜的眼，
周身都蓄满了神。

是的，船帆要升。
是的，叶轮要转。
是的，清泉要喷。

于是，我大声地唤。
于是，我大声地唱。

于是，我大声地问。

早晨好，早起的人们。
早晨好，长跑的人们。
早晨好，出工的人们。

因为，你们在建设。
因为，你们在创造。
因为，你们在进军。

早晨来临……
沸了，人生的路。
响了，生命的琴。

（选自《东辽河》1981 年第 3 期）

青　春

立春。
谷雨。

秋分。

一年二十四节哟，
岂止标志着时间？
也记载着年轮。

朝阳，锹尖上挑。
彩云，土篮里卧。
星光，窗口中斟。

年年如此。
月月辛勤。
日日飞奔。

不觉地，老了一代人。
曾问：养路工，
你可想到岁月的流云？

他仿佛没有听到，
照样地，照样地……

追赶着急去的征尘。

望去，大路抖彩。
望去，大路熔金。
望去，大路一新。

望到天地相接处，
苍山如海。
红日如轮。

这时，养路工的话——
端出火一盆。
捧出酒一樽。

我年老了，不要紧。
路年轻了，那才亲。
我愿同它，共前进。

一年二十四节哟，
岂止标志着光阴？

也记载着青春。

冬至。

惊蛰。

春分。

（选自《江城》1979 年第 12 期）

脚 印

大道。

车轮。

脚印。

若花。

似锦。

如金。

穿过山。

越过水。

跨过林。

过后——
朝霞：舞。
大路：新。

车，跟着来。
马，随着奔。
雷，接着滚。

杨柳，开始摇荫。
鲜花，开始吐芯。
小溪，开始弹琴。

鼓点，为之变频。
夯声，为之加劲。
人类，为之前进。

有一句常话，
也随着大道延伸。

也随着脚印刻印。

那话是说：
写大道第一行诗的
——是脚印。

有一首诗歌，
也随着大道添韵。
也随着脚印吟咏。

那诗是写：
印脚印第一个人的
——是你们。

呵，养路工的脚印，
在为春天叩门。
在给光明写信。

（选自《朔方》1980年第11期）

春天 回到道班房

春天，回到道班房
绿了，倒栽柳
青了，钻天杨

喜了，梁上燕
忙了，手中锤
醒了，路上夯

测量的，扛起花杆
放样的，背起标柱
开山的，号旗飞扬

老保管，打开库房
炊事员，水挑满缸
压道机，隆隆震响

养路课本，读了几课
交通规则，看了几章

竞赛条例，贴上了墙

干得好的，就该表扬
贡献大的，就应受奖
睡懒觉的，一定要帮

自从春天回到公路上
歌声，增加了音量
锹镐，增添了新钢

车轮，碾上了跑道
道路，清除了翻浆
前面，铺满了阳光

路旁，浓郁了花香
生活，充满了希望
心灵，展开了翅膀

马，可以猛劲地跑，
车，可以尽情地闯

歌，可以管够地唱

筑路去，辙印行行
筑路去，脚板张张
筑路去，臂膀双双

宽了，门前路
亮了，玻璃窗
春天，回到道班房

（选自《朝阳》1983 年第 2 期）

走不完的道

朝阳
——起飞；
落日
——归巢。

莽原，荒草，

匆匆过了；
深山，老林，
闪闪又到。

风，徐徐……
吹拂着发梢，
露，点点……
打湿了衣角。

关山：漫漫。
流水：滔滔。
春光：初照。
秋光：未老。

“前不见古人”
——无为的寂寥。
“后不见来者”
——多余的情调。

大禹治水，为今天

打下画稿；
宇宙航道，为明天
铺下线条。

我们送走：
荒凉，凄苦；
我们迎来：
幸福，美好。

甩臂。肩上——
担不完的挑；
起步。脚下——
走不完的道。

风雨的告别呵，
坦然一笑；
伟大的开始呵，
脚下踏着。

后脚

——归结；

前脚

——创造。

（选自《青海湖》1980年第1期）

跨不断的桥

桥下

——流水，

桥上

——波涛。

马踏银蹄，

翻飞的浪；

车碾黄尘，

彩色的潮。

前车；后车。

前脚；后脚。

举目，桥——
长虹一道。

河东；河西。
鞭鸣；马叫。
回首，桥——
彩带一条。

前人架桥
我们走；
我们架桥
后人跑。

我们踏着
前人肩头飞；
后人踏着
我们肩头跃。

人类，蹚过
多少条河？

历史，跨过
多少座桥？

岁月如梭哟，
桥顶上抛；
流光似水哟，
桥底下啸。

立木能顶千斤载，
对，咱要立牢；
独木能压万顷涛，
对，咱要选好。

桥后
——昨夜；
桥前
——明朝。

（选自《春风》1979 年第 9 期）

大道歌

大汽车。

大马车。

在我们铺筑的公路上，

通过……

通过……

南去的——穿山，

北去的——跨河。

这车哟——拉客，

那车哟——运货。

来往如梭。

呵——

随着车轮一转，

前景印出新的一页；

随着喇叭一叫，

乐章谱出新的一节。

夯声，起落。

号子，飞越。

大道，流金。

朝霞，喷火。

焊花，千朵。

大漠，长出春色。

流水，响起欢歌。

母亲，甜满嘴角。

孩子，笑盈酒窝。

窗镜，蓝天一抹。

江河，解了冻。

深山，开了锁。

古柏，生了叶。

生活，加了蜜。

人间，添了热。

于是，我想起很多……

大地——锦图一张，

公路在为它走线穿梭，

公路——金丝一线，

我们在为它着彩加墨。

让幸福，

让欢乐，

在我们铺筑的公路上，

通过……

通过……

（选自《解放军文艺》1980年第4期）

大道歌者

嗒，嗒……

一阵马蹄

——敲打。

哇，哇……

一串汽车

——喇叭。

回首，他——
汗珠，挂上
面颊。

然而，他——
照样地铺油。
一下，两下……

然而，他——
照样地碾压。
唰唰，唰唰……

有人见了，觉着
过意不去
把车停下；

有人见了，觉着
有些想法

把马驻下。

想要说啥，
还没说啥，只是
定定望着他。

他，这会儿
倒有些急啦。
把锹一拿：

“还站着干啥？
快点儿走吧。
路，不就是走的嘛！”

当车过啦……
当马过啦……
当人过啦……

他，笑眼里
射出的纹路，

在大道上爬。

（选自《解放军文艺》1982 年 2 期）

大道铺筑者

迎着——山风。
迎着——林涛。
迎着——乱石。
迎着——荒草。

前面是高山，
两脚一跨；
脚下是大河，
裤腿一撩。

锹尖上，挑着
长虹一道；
镐头下，拖着

闪电千条。

论性格——

也粗犷，也火爆。

好跟：风雪叫号；

爱和：岩石摔跤。

讲特征——

也简单，也明了。

冬天：二大棉袄；

夏天：麦秸草帽。

途中，石头挡道，

当头两镐；

雨中，山洪胡闹，

回手三锹。

当车灯横扫。

当喇叭鸣叫。

当串铃猛摇。

当鞭花飞飘。

他——

仰天大笑

——向前！

又迈出一脚。

留下：长虹。

留下：大道。

留下：情爱。

留下：美好。

（选自《解放军文艺》1984 年 4 期）

前面是山

前面，是

——山；

后面，是

——道。

我迎着山风
——飞；
我踏着荒草
——跑。

手中的镐，
是雕山的刀；
肩上的锹，
是平道的刨。

山门开了！
大道通了！
我对着长天——
呵呵笑了。

人说，大道是
飞去的箭，
我说，我是
箭前的镞；

人说，大道是
远行的雁，
我说，我是
打头的鸟。

穿过风雨。
穿过林涛。
迎着红日。
迎着大潮。

希望哟，跟我
一道登高；
祝愿哟，跟我
一道飞跃。

前面，是
——山；
后面，是
——道。

（选自《新疆文艺》1979年第6期）

山高路高

山多高。

水多高。

路多高。

向上上，林涛呼啸。

向上上，百鸟鸣叫。

向上上，云雾缭绕。

岭边，黄花含笑。

石上，山泉蹦跳。

云缝，阳光千条。

“卧牛石”。

“鬼见愁”。

盘山道……

爬山虎，头顶上吊。

白桦树，肩头上扫。

红枫叶，鬓梢上烙。

手分：胸前一湾草。
脚开：身后十里道。
仰面：野地春风高。

左边转哟，一线天。
右边旋哟，一把刀。
又迎来哟，树影罩。

再走，可有道？
山穷水尽疑无路，
道旁闪闪见路标。

每当到这个时候，
司机总是豪爽地笑，
司机总是深情地唠：

谁说在家千日好？
谁说出门万事难？

天下风光同样妙。

处处有亲人在挥锹。
处处有汗珠在灌浇。
处处有大道在闪耀。

山多高。
水多高。
路多高。

（选自《新疆文艺》1979 年第 6 期）

山路高高

岭外
——岭；
山外
——山！

我在

山中走，

山在

脚下垫。

盘几盘？

弯几弯？

峰回路转

又不见。

猛抬头，

高路入云端；

惊回首，

石缝泻清泉。

水，潺潺……

波，闪闪……

卷我心中——

万丈澜。

古人望山，

为之兴叹。

我今望山，

别有新感。

山，给我志；

我，还山胆。

山路高高——

担上你我肩。

让车飞，

让马旋，

让速度，

沿路往高攀。

岭上

——岭；

山上

——山！

（选自《新疆文艺》1979 年第 6 期）

大山深处

云，开锁。
雾，拉幕。
大山深处——
见新屋。

屋脊
连山脊，
山墙
就山筑。

灯一点，
星星出；
窗一推，
朝霞舞。

新户的主人，
也飘洒，
也自如。

常用笑，擂响鼓。

他说，手是
开山斧；
他说，脚是
铲草锄。

他说，有山
就有我们；
他说，有我们
就有路。

路，要盘山。
路，要跨谷。
人类展翅——
要速度。

临了加一句：
山里住，
也舒筋，

也壮骨。

听罢，
举目。
大山一线——
列成伍

（选自《新疆文艺》1979年第6期）

开山斧

晃亮亮——
一柄大斧！

握起来，
劈云；

抡开去，
砍雾。

前不怕狼，
后不怕虎。

毒蛇横道，
斩断；

葛藤拦路，
铲除。

挥斧人，
胳膊粗。

打下：标桩。
砸下：汗珠。

飘飘：衣褂。
咚咚：脚步。

胸前：荒山。
身后：大路。

车水，马龙……
跟着来；

高楼，大厦……
接着筑。

里程碑，
行道树，

一支利箭
射进山；

一串笑语
飞出谷。

声声赞，
山口出——

好个养路工！
好个开山斧！

（选自《长白山》1980 年 2 期）

抬头见喜

春风。

春雨。

抬头——

见喜。

墙上贴着

“三年早知道”；

心里装着

一把“标准尺”。

吞路的河

——要移；

挤路的山

——要劈。

弯曲的道

——要直；

翻浆的道

——要治。

渣油路，
还算什么新奇！
高速公路，才是
建设的急需。

匆匆送往——
新的建设工地；
急急进行——
新的施工设计。

这儿，立起：
帐篷，标志……
那儿，飞起：
鼓角，测旗……

其实哟，这些
早融进筑路的夯歌里；
其实哟，这些

早刻在人们的笑纹里。

欢腾的浪花。
沸腾的情绪。
中国，起飞了！
大喜，大喜……

（选自《长春》1980 年 1 期）

出门见喜

挂挡。
鸣笛。
出门——
见喜。

点点，杨花。
飘飘，柳絮。
路上行车，常遇
这样的事。

明明是好好的道，
却又帮出几尺；
明明是好好的桥，
却又在加夯固基。

同路工唠起来，
他总是兴奋不止；
同桥工唠起来，
他总是笑容可掬。

你没见，这些日子
道上车辆变挤；
你没见，这几年里
桥上喇叭声急。

东去的哟，拉着
钢筋、水泥……
西去的哟，载着
吊车、机器……

修路人，心里早有算计：
中国现代化汽车
在咱的公路上
可不能有阻力。

窗外。风雨呵，
呼唤着汽笛；
窗内。汽笛呵，
引来了笑语。

春风。
春雨。
出门——
见喜。

（选自《长春》1980年2期）

我

1

山高……
水阔……

望了望，
把锹一握。

谁来了？
“我！”

2

我——奔高山，
高山举杯；

我——向大河，
大河放歌。

祖国的养路工哟，
愿同山水做客。

3

山风扇来——我道：“谢谢。”
伏雨扑来——我说：“解渴。”

号子传来——我和。
夯声喊起——我接。

文明要路——我铺筑。
进步要桥——我架设。

4

我——就是桥！
我——就是路！

当车轮滚滚……
当马蹄嗒嗒……

彩霞中笑红脸的是：
“我！”

（选自《长春》1981年7期）

帐　篷

葱绿的山，
葱绿的岭。
葱绿的帐篷
一顶顶……

飘飘过大河，
大路穿浪丛；
悠悠上大岭，
大路挂碧峰。

东行晨光艳，
西去夕阳红。
南通南天门，
北指北斗星。

帐篷里，驻着
开路的笑；
帐篷外，流着

养路的情。

这山飘彩带，
那山挑长虹。
养路工，挥锹仰天笑，
借山说帐篷——

帐篷越涧谷，
赠你：卧波一条龙；
帐篷飞大山，
留下：捆山一条绳。

帐篷进山来，
路桩排长龙；
帐篷展翅飞，
大路奔省城。

山从天边起哟，
路在脚畔生。
点点帐篷

牵路行。

葱绿的山，
葱绿的岭，
葱绿的帐篷
是先行……

（选自《工人日报》1983年8月10日7版）

养路工的家

头上，高山。
脚下，悬崖。
养路工的家
——在哪儿？

推开窗扇，
撩一天云霞；
走出房门，
迎两眼山花。

一围青杨柳，
绿在三月三。
几株山里红，
红在八月八。

墙上的线路图，
标写着规划。
规划上的箭头，
描写着步伐。

一双大脚板，
常给大山送话：
“喂，伙计！
请你搬搬家。”

两只老茧手，
常叫大河回答：
“呵，战友！
帮咱把桥架。”

飞虎岭。
跃龙坝。
怕吗?
不怕!

这还有啥!
拍拍路的肩——
“腿肚子贴灶王，
咱俩一起出发。”

前面，大河。
后面，浪花。
养路工的家
——在哪儿?

（选自《新疆文艺》1979 年 2 期）

雁归来

雁归来了，
雁归来了。

一夜里，
大江跑冰排。

沙丘上，
柳现鹅黄色。

雪，也甩几片，
显得更白。

大道上，车——
推不开，搡不开。

修道的人，
把锹闯窗外。

栽了几行“双阳快”，
修了一个“备料台”。

炼油的锅，
只烧得翻花地开。

再听议论的话——
“灶子里，加干柴。

“道，只能宽；
桥，不能窄。

“窄的，要改；
坏的，要拆。”

赶集的姑娘，
衣襟在春风里摆。

对着大雁，噼噼——
把手拍：

“七九——河开；
八九——雁来。

“报春，当然；
催春，更该。”

雁归来了，
雁归来。

（选自《黑龙江日报》1981 年 3 月 8 日）

桃花水 在大道上跑

悄悄……
悄悄……
雪花——
淡了。

化成春水，
在大道上跑；

汇成浪花，
在边沟里跳。

汽笛——鸣。
喇叭——叫。
鞭声——炸。
串铃——摇。

下田的铁牛，
油，喝个饱；
远行的铁马，
挡，已挂好。

多情的村女，
头巾——更火爆；
性急的小伙，
衣褂——直劲飘。

那赶路的人，
起了个大早；

那行道的人，
甩掉二棉袄。

憋了一冬的劲，
从骨节儿往外冒；
装了一腔的话，
打胸口儿往外掏：

“常言，冬天过了
春天就到；
果然，春天来了
景色更娇。

“多撮一锹砂，
多铺一层料。
让出征的人们，
迈开双脚。”

悄悄……
悄悄……

桃花——
艳了。

（选自《黑龙江日报》1981 年 3 月 8 日）

行道树

头顶——
一线天；
脚踏——
一道谷。

撑着云，
挑着雾。
走上一趟——
好舒服。

吹来的风哟，
甜着哩；
洒下的露哟，

沁肺腑。

数九。

三伏。

日落。

月出。

这里哟，

春光常驻；

这里哟，

风光无数。

问绿色长廊，

可是何人筑？

未见人答，

只听锹镐响不住。

路上：铺油。

路边：扫土。

这儿：人一串。

那儿：人一组。

修罢，

举步……

树，绿向天涯

无际处。

行道树哟，

把路护。

养路工，高喊一声：

也入伍！

（选自《黑龙江日报》1981年3月8日）

打 夯

我：筑路。

我：打夯。

我给大道

盖印章。

这一张
——发南方；
那一张
——给北方。

开个通行证，
车来马又往；
签张合格单，
大道架金梁。

盖章要印油，
我汗水哗哗淌；
盖章要颜色，
我赤臂闪闪亮。

打上我的心，
一颗红太阳；
打上我的意，
春花一路香。

我：筑路。

我：打夯。

我的石夯

是印章。

（选自《工人日报》1982年5月1日4版）

当年抗联走过的地方

在当年抗联走过的地方，

如今要开出一条新路。

当开路工人还没有进山，

就听见夯声喊个不住；

当架桥工人还没有到来，

就听见号子此起彼伏。

夜幕还没有降临，没有降临，

就望见篝火簇簇。

曙光还没有升起，没有升起，

就响起声声脚步。

高亢的山歌，一束一束，
古老的画图，一幅一幅。

呵，那曾刻写过标语的大树。
呵，那曾煮吃过野菜的小屋。
“火烤胸前暖，风吹背后寒……”
豪言还是那样熟，那样熟。
“天大的房子，地大的炕哟……”
壮语还是那样粗，那样粗。

转眼又是新的誓词，
八方在报：提前完成任务。
片刻又是新的欢呼，
四面在传：创造崭新纪录。

同他们唠起来，他们都说：
“天天有人把我们帮助。”
同他们谈起来，他们都道：
“处处有人把我们鼓舞。”

他们说：为着明天，为着幸福。
他们说：我愿餐风，我愿宿露。
听到这些，我猛地醒悟：
这条道在抗联时就已经开出！

边疆小站

边疆小站，
并没有宽阔的楼房。

有的只是一块木牌上写着站名，
一扇窗口摆着票箱。

然而边疆人把它当作喧闹的都市，
远方来客把它当作可爱的故乡。

看，水文队员扛着仪器走来，
听，地质工作者又把手锤敲响。

那位壮族第一代女研究生哟，
坐在行李上把科研论文细想。

这老大娘是头一次出远门吧，
这会儿正在把信底往腰沿里装。

呵，那邮政老陈的一身绿色，
又为小站增添了新的春光。

这信发往：云南、西藏……
这信来自：吉林、新疆……

说起这些啊，还算是平常，
到了每年夏天则另又一番景象。

那边，荔枝、香蕉堆满路旁；
这边，挎筐、背篓排上山梁。

是一桶桶蜂蜜在站前停放，
直招惹得蜜蜂嗡嗡飞翔。

每到这时呀，人们的话语便像泉水流淌，
听了，好像喝碗甘甜的凉茶乳浆。

“有共产党领导咱建设边疆，
咱边疆人的生活跟蜜糖一样。”

（选自《广西文学》1980年4期）

养路工自传

养路工，
写自传。
不用纸，
用山。

山南：点炮。
山北：打钻。
山上：抡锤。
山下：钢钎。

磨硬的——手，
攥紧的——拳。
专门冲着——
大山干！

离了山，还算
什么英雄汉！
对大山，正好
抒心愿。

山尖上，喊：
“此处要打穿。
要车飞，
要马旋。”

小站上，谈：
“通车要提前。
要灯明，
要旗展。”

“愿向往，
在绿旗下飞远；
愿祝愿，
在红旗下美满。”

话未断，
高天抖下七彩链。
彩链下，
汗珠抖开珍珠串。

养路工，
写自传。
不用墨，
用汗。

（选自《黑龙江文学》1981年2期）

当人们望到……

沙子。

石头。

黄土。

深山。

老岭。

大谷。

养路工踏查来。

他说是绘张——

线路图。

养路工铺路来。

他说是读本——

导游书。

采石——砌基。

筛沙——装铺。

夯土二填筑。

他说它：坚固。

他说它：质朴。

人说他：相如。

造桥——一根柱。

奠基——一块碑。

浇筑——混凝土。

他常说：

这段地理

——我最熟。

人常讲：

这种心理

——都清楚。

他愿粉身。

他愿碎骨。

他愿车马——加速度。

好个养路工哟，难怪
人们想到你，
总要想到路！

（选自《草原》1982 年 2 期）

公路铺到山乡

苇子篾儿编的席哟，
闪着光亮；
桦木杆儿架的棚哟，
立在村旁。
自从公路铺到山乡，
便招来凤凰一帮。

一会儿摸摸花杆，
一会儿看看图样。
她明知是测尺，

却问：怎样测量？
她明知是标桩，
还问：打在何方？

就这样，日久天长。
也不知为什么，
小伙子一碰上她的目光，
脸蛋就觉得火辣辣地烫。
想躲藏，
还不想躲藏。

这天，工地简报发来，
致使他一阵紧张。
是哪个哥们儿走漏了风声？
竟将这个标题印上：
“公路铺到山乡，
有人把路爱上。”

他赶忙叠起小报，
他赶忙上路铺装。

可是，姑娘的歌声，
偏在他胸窝里发痒：
“花儿开了，爱情的蝴蝶
也应该展开翅膀……”

苇子篾儿编的席哟，
闪着光亮；
桦木杆儿架的棚哟，
立在村旁。
自从公路铺到山乡，
生活就掺进了蜜糖。

（选自《朔方》1980 年 2 期）

移　交

修了三年零六个月，
起了一千零八个早。
这条道——今天修好，
这条道——今天移交。

这条道——今天移交，
路工照样把路扫了扫；
这条道——今天移交，
桥工照样把桥瞧了瞧。

这条道——今天移交，
老石匠照样把锤敲了敲；
这条道——今天移交，
工程师照样把图描了描。

老工长披上那件蓝工装，
一清早，照样在路上走着。
考勤簿挂上那帐篷门旁，
上头，照样有人来把勤考。

这一切都在说：
跟往常一样。
然而这条道确实要移交，
人们的心却和大道贴得更牢。

是呵，怎么能够走呢？
大道上有我们的脚印在烙；
是呵，怎么能离开呢？
阳光下有我们的汗珠在泡。

说起这些呵，老兄，
并非是感觉到寂寥无聊；
讲起这些呵，老弟，
确是看得更远想得更高。

把意愿和大道一同交给人民吧，
这里的明天将会更加美好；
请人民收下这片意愿和大道吧，
我们的心情确是这样美好。

修了三年零六个月，
起了一千零八个早。
这条道——今天修好，
这条道——今天移交。

（选自《朔方》1980年2期）

前面 阳光灿烂

大道。

长天。

阳光——

灿烂。

汽车，

在大道上跑；

阳光，

在胸口上闪。

阳光下，

高楼在加砖；

阳光下，

桥墩在浇灌。

号子在飞传，

涡轮在飞旋；

大河在奔流，

航船在举帆。

脚手架上，跳板
又增加几片；
彩云底下，测旗
又飘出几面。

机耕道，又伸进
几里庄田；
桃花树，又红进
几重山弯。

种子打进泥窝，
嫩芽钻出几瓣；
课本翻开几页，
歌声飞出几串。

多好的时光，
多美的画面。
怎能不叫人

出身透汗！

历史的旧账，
休要纠缠；
个人的恩怨，
休要去谈。

成绩嘛，也应作
前进的起点；
教训嘛，也应作
胜利的呼唤。

再挂一道挡，
再翻一重山。
时代的驾驶员呵，
往前！往前！

我们的劲儿——
只能加，不能减；
我们的车——

只能快，不能慢。

大道。

长天。

车轮——

飞转。

（选自《吉林日报》1982年8月9日3版）

祝你一路平安

重重山……

重重山……

夕阳下——

金波一片。

路闪闪……

路闪闪……

夕阳下——

金丝一线。

声声唤……
声声唤……
夕阳下——
车笛不断。

远行的客人哟，
还有什么要谈？
久居的故土哟，
还有哪些留恋？

夕阳肠断——
那是以往的诗篇；
海阔天宽——
才是今日的祝愿。

戈壁油田，
将要你打钻；
三江平原，
将要你浇灌。

昆仑风雪，
将要你送暖；
草地黄花，
将为你开满。

深圳特区，
将有你的风姿展现；
沿海城市，
正需你的天才洽谈。

关东：高粱红。
河西：驼铃颤。
海南：椰子甜。
塞北：梅花艳。

肩上的花杆，
将把大地装点；
手中的测尺，
将把距离缩短。

即便红了面颊两片，
也因前程无限；
即便洒了泪花几点，
也因激情喷溅。

话别吧，兄弟，
高喊一声：再见！
启程吧，姐妹，
祝你：一路平安！

（选自《吉林日报》1983年10月10日3版）

第 六 辑

人生版图 · 人生大道

人生版图

诗人和妻子

一个诗人
在他还没有成为诗人的春天
一个乡村女子便做了他的妻子
一个不懂诗的妻子
懂的
只有那田间需要分辨的莠草
透明的心呼唤着鸡鸭鹅的天真
钢针在发间擦亮

诗人
只是默默地展开诗的翅膀

那是与她似乎无关的事情
在他的笔下
鸡鸭鹅是仙鹤和百鸟王国骄傲的公主
莠草摇着翡翠架着绿珊瑚
灶火加热着他血液的殷红
炊烟抚荡着他思绪的淡蓝

有一日
当阳光在她散乱的发丝上蹦跳
当灯光在她迷茫的眼波上蹦跳
那发丝又白又亮呵
那眼波又浅又淡呵
他的心被猛地推了一下
竟觉着
她的目光筛过他所有的稿面
那是阳光一样灯光一样的目光

生活的栈道上
走过她多少日月雕琢的铜像
沉积她多少汗卤凝成的化石

树立她多少风雨浸泡的诗碑
是她承担着所有
他只是续写着那首没有结尾的诗

一个诗人在无声地捕捉着
一个不懂诗的妻子在无语地耕耘着
一个诗魂在站立
诗是他俩共有的儿子呵

（选自《诗人》1986 年 6 月号）

没有月食的夜晚

一觉醒来
忽觉得天边多了一颗星
月亮也从枕边起锚
于是夜成了茫茫无际的海

于是
有山一样的波岭一样的浪涌来

有星一样的灯塔亮起
有码头一样的到站
长满芦苇的泥泞和洒满彩贝的沙滩

走来了又走去了
风在发烫的面颊摇着扇子
这些都是似乎相见了的

于是
枕边飘来古往今来的剪接
梦的倒叙
两颗心都颤动着
尽量不让回忆的舢板搁浅
让憧憬的号子拍打着浪花

少是夫妻老是伴
从往事的峡谷走来
至今才清晰着体谅的内涵

于是

我俩共同渴求着
月食不能发生在这个夜晚
云彩不能遮蔽着这个夜晚

鼓满着一篷夜的黑色的帆
喊起号子
一直行驶到天亮的彼岸
在人生的版图上
伴侣，补遗着《天方夜谭》

（选自《诗人》1986年6月号）

山边子路

对于这条路
我熟
那是因为
我在这上面走了
许久
许久

它一面
连着陡峭的
山丘
它一面
结着广漠的
田畴

对于高耸的
我不羡慕
不祈求
对于低矮的
我不踌躇
不困忧

田畴
有种
也有收
山丘
有春
也有秋

当我
由青年步入中年
我觉得
对于它
熟得
还不够

于是
我在这里
想到了
八百年前　八百年后
还有
新与旧

多谢
历史给了我这个
慢镜头
使我的思绪
在这里得到了
停留

我

在历史中走

在未来中走

在这夹缝中间走

山边子路哟

给了我如此方便之舟

呵

潇洒人生走一回

我愿咋走

就咋走

我该咋走

就咋走

关关雎鸠　在河之洲

关关雎鸠

在河之洲

两句国风　只悬挂出

一帧　画轴
两只鸠鸟　和鸣并翅
游

约约地
这画轴　也游上了
我的　街头
她依着　他的肩
他靠着　她的肘
他与她　手牵手

隐隐地
这画轴　也游上了
我的　路口
他贴着　她的襟
她挽着　他的袖
双目光　投相投

有时　也起些风
那是　门前风摆柳

柳丝下　荡轻舟

这会儿　舟上的人哟

看去　人比黄花

瘦

有时　也落些雨

那是　雨打万花楼

亭台下　花影稠

这会儿　花间的人哟

望来　花比人面

愁

其实　也游到了

二千年前之　春

那时呵　参差荇菜

也是　这样流之

忽儿　左

忽儿　右

其实　也游到了

二千年后之　秋
这时呵　参差荇菜
　　也是　那样采之
　　忽儿　急
　　忽儿　骤

鸾凤共奏　只听得
声　婉婉
语　啾啾
　　伴侣同俦　只闻得
　　云　飘飘
　　风　悠悠

于有形处　看风流
看得的
是山　是水
　　于无声处　看厮守
　　看得的
　　是春　是秋

呵

钟鼓乐之　是的
又又　又
　　呵
　　琴瑟友之　是的
　　有有　有

《诗经》
竟作了　诗史之
这般　开头
　　一首　《关雎》
　　竟成了　国风之
　　这样　为首

窈窕淑女
君子好逑
一部周南　只勾勒出
　　一张　锦绣
　　两颗情心　相扑相候
　　抖

2012 年 1 月 30 日 正月初八长春东岭

（选自《北京文学》2013 年第 2 期）

人生大道

人生大道·之一

随着婴儿坠地
一声啼叫，
两只小脚
在炕席上蹬刨
——人生的道
就已经开始了！

或乘疾去的船
——驶进波涛；
或驾戈壁的舟
——迎击风暴。

或向——天涯，
或向——海角。

或向——莽林，
或向——荒草。
呵，前面是荒
——我是犁；
呵，前面是浪
——我是篙。

今宵夜宿
——巴山脚，
明朗酒醒
——黄河套。
天水：苍茫，
群峰：腾跃。

征途上，勾起
多少联想？
人世间，惊起

多少鼓角？
穿云，燕展翅，
跨海，鸟出巢。

胜利，自然是
属于勇敢者；
光辉，自然是
来自不辞劳。
张开攀山的手！
迈开量天的脚！

当然，
正常走路
有时也会跌跤。
这，无须唠叨，
只是要我们
再把路细瞧。

经验，也好，
教训，也好。

总之，都是
要我们
站稳，立牢，
起步，快跑。

随着肩头担子
加重加重，
开路夯歌
响彻阳关大道
——人生的道
远着，远着……

人生大道·之二

问过苍天……
问过云朵……
问过行人……
问过过客……
大道呵，激流勇进；

人生呵，帆起帆落。

细数走过的脚印，
回首留下的车辙……
心头呵，惊起几环思索？
远眺明灭的云霞，
饱览无尽的山河……
胸口呵，泛起几重浩波？

忐忑的心理，曾经有过。
脆弱的眼泪，曾经流过。
多虑的失眠，曾经经过。
细一思之，也给了我收获。
细一思之，也给了我胆略。
细一思之，也给了我智谋。

是了。
走过的道路——
也赐给了我道理一个：
“有理走遍天下，

无理寸步难行。”
这是人生大道的哲学。

是了。
经过的愁苦——
也留给我记忆一页：
“野草终要出生，
冰雪终要覆灭。”
这是人类历史的始末。

是了。
飘飞的岁月——
也炼硬我心儿一颗：
“为着纯净人生，
即使死了也乐。”
这是长期斗争的归结。

刘三姐曾经唱过：
“道要不走草成窝，
胸要不挺背要驼……”

鲁迅先生曾经说过：
“地上本没有路，
只缘走的人多……”

奔腾些吧，我们的热血。
豪爽些吧，我们的性格。
勇敢些吧，我们的诗歌。
因为，我们是人。
因为，我们有双脚。
因为，我们在向前走着。

我亲爱的读者呵，
人生大道
是这样斑斓，壮阔。
我亲爱的朋友呵，
劝你也学做一名开路者，
去将人生大道开拓。

人生大道·之三

从前，

我歌唱道，

只唱它的光明，

只唱它的好。

经几场风雪，

又几番风暴。

我——一名筑路者，

踩出路一条。

春天来了，

道上起包。

抠出翻浆，

道，就变好。

夏天到了，

山洪咆哮。

打上堤坝，

道，就变牢。

水，有啥不好?
我敢说：
没有流水，
就没有桥。

荒，有啥糟糕?
我敢说：
没有荒野，
便没有道。

没有起步，
哪能有终了?
没有苦恼，
哪能有欢笑?

没有高山，
显不出洼地；
没有乌鸦，

比不出俊鸟。

没有假的，真的
也存在不了；
没有恶的，善的
也就要毁掉。

没有严冬，怎会
有春天来到？
没有暗夜，怎会
有艳阳高照？

走出莽林——
看，天真高；
步出幽谷——
瞧，地多遥。

朋友，请放开脚。
关于这几行诗，
我曾在道上

长期寻找。

不要害怕教训吧。
教训，
也是一条
闪光的道。

人生大道·之四

前面是：荒。
前面是：草。
前面是：浪。
前面是：涛。

我，搓搓手。
我，甩甩臂。
我，系系鞋。
我，蹬蹬脚。

呵，脚——
在草丛中挤。
于是，道——
在草丛中跃。

呵，脚——
在乱石上踏。
于是，道——
在乱石上烙。

脚在云中飞哟，
云中道在：飘；
脚在雾中迈哟，
雾中道在：绕。

只要，大河
隔不住脚，
那么，大道
就会向前腾跃。

只要，高山
挡不住脚，
那么，大道
就在那里开凿。

人生，是这样地
牵动着双脚；
双脚，是这样地
开拓着大道。

请做一个强者吧，
双脚——
也不能示弱！
何必示弱？

前面有：道。
前面有：道。
前面有：道。
前面有：道。

（选自《吉林青年》1981年第1期）

第 七 辑

吉祥颂歌 · 满家传唱

我的满族族歌·之一

我的　满族族歌呵
镶在　太阳边
嵌在　月亮里
酿在　鹰窝中
　　在虎背　在山泉
　　也有　如此腾跳和流淌
　　于是　我
　　锵锵然　唱起……

——题记

日

升腾

升腾

蓦然　天庭

点燃了　一盏

天灯

于是

高天的

这端　那端

轰然　一抹

湛青

于是

大地的

这角　那角

豁然　一瞥

葱茏

呵

它　投我以

光和热哟

我　报它以

意和情

呵

它　给我以

朝与夕哟

我　还它以

真与诚

于是　我

又有了　一颗

圆圆地

圆圆地

出升

于是　我

又有了　一轮

团团地
团团地
奔涌

我断定　我是
太阳之子
我的到来　连
太阳都滴落着
血红

我肯定　我是
大地之子
我的诞生　连
大地都卷动着
雷隆

当那　猎猎的
八彩牙旗　飘然
抖开　我感到
历史纤绳　在微微

擂动

当那 火色的
榴花大马 霍然
跃出 我感到
岁月车轮 同太阳
并行

我的至亲至爱的
满族的
族兄族妹哟
曾是 跑马溜溜般
神圣与骁勇

我的至关至重的
满族的
阿玛额娘哟
曾是 流云朵朵般
驰骋与行程

前人　给予我的
我　又做出
新的给予
于是　便有了
凝重和永恒

后人　寄托我的
我　又开始
新的启动
于是　便有了
不老和长青

呵　我们
同在　一轮
太阳之下
又同在　一轮
太阳之中

月

圆的两半
两半的圆
于是　抱成一颗
圆圆的　团

然而
我看到你的哟
却是　那样
轻浅　素淡

然而
你给予我的哟
竟是　这般
浓烈　饱满

爱我的人儿
曾　这样走来
月光　一样

飘然

我爱的人儿
曾　那样走去
轻风　一样
舒缓

没有得到的
在月光中　我
得到　　弥补
弥补

没有记起的
在月光中　我
获得　　再现
再现

呵　这山那山
月光中
已　交融成

一磐

呵　这川那川
月光中
已　幻化成
一片

包括
那花　那树
还有　那苍莽的
无边

包括
那云　那霞
还有　那沧桑的
无限

呵　意愿的
铸就　人生
才有　如此之

观感

呵　期冀的

呐喊　行程

才有　如此之

体验

于是　关于

月之歌哟

便唱成　秋波

一样　清浅

于是　关于

歌之韵哟

便抱成　月琴

一样　浑圆

这是　远古的月

月下　我得到

远古的

还原

这是 遥远的月
月下 我得到
伸延的
遥远

鹰

庞天
丽日
掠过了 一带雕翎
于是 我的
胸口
卷过了 一缕
长风

野云 落霞
压下了 一丝

飞鸣
于是　我的
耳畔
兜起了　一串
缨铃

蓦然　我
亦生出　一双
巨翅　开始
飞向了
锁住了
那山
那岭

蓦地　我
亦长成　一对
金睛　开始
扫向了
射向了
那巅

那峰

还有那
涛涛的涌涌的
长白山头
松声万顷
滚滚的荡荡的
松花江畔
无尽帆丛

还有那
蓝蓝的绿绿的
鄂霍次克
海浪澎湃
茫茫的苍苍的
库页岛滨
波涛汹涌

呵　海东青
这　千古

传诵的
山外山
名外名
滑翔着　我的
根根　神经

呵　海东青
这　万里
漂流的
岭外岭
声外声
航行着　我的
蓬蓬　魂灵

直到
那单鼓　敲起
那腰铃　抖起
我　才清醒
我的　心
组合着涧谷的风

一起　簇拥

直到
那银鞭　摇起
那金鞍　备起
我　才知道
我的　情
叠合着马背的歌
一同　喧腾

我　从
林莽中　走来
我　从
天池边　走来
我的　先祖
就是　这跃跃的
大鹏

我　从
北海边　飞来

我　从
浪花间　飞来
我的　后人
定是　这熠熠的
行星

鹰神
给予了　我们
如此神勇
我们　还山河
无尽魂灵
在　同一天地间
穿行

神鹰
赋予了　我们
如此纵横
我们　还大地
无限行程
在　同一宇宙间

簇拥

此刻
早已　远去了
那蓬浩影
然而　比
存在时　愈加生动
呵呵
鹰

虎

最好　是在
皓月当空
最好　是在
深山老岭

最好　身临

悬崖绝壁
最好　伴有
古木枯藤

当那　一点
斑斓跃出
我　并未感到
几多惶恐

当那　一声
大吼唤来
我　只是觉得
微微震惊

我　也
提了些　神
我　也
添了些　勇

我　也
壮了些　情
我　也
阔了些　胸

我　似乎是
失去了　自己
却　融进了
那山那岭

我　似乎是
庞大了　自己
竟　跨上了
那彩那虹

我们的　先祖呵
曾是　从那
时间的涧谷
走来

穿越了　无尽的
岁月　流光
以及　滔滔的
历史　夹缝

我们的　父兄呵
曾是　从那
时空的　跑道
赶来

丢开了　无垠的
时光　流痕
以及　浩浩的
历史　星空

那时节　我们
是　扑向了
勇猛　却未顾品评
勇猛

那光景 我们
是 注进了
飞腾 却未及歌颂
飞腾

当一日 我
驻足回首
似乎有了 那么
一些清醒

当一日 我
举目展望
似乎有了 那么
一些分明

行程 乃是
岁月长河
卷起的 几丛
浪蓬

踪迹　乃是
历史天空
缀下的　几点
寒星

叩问　本无声
漫谷　却卷来
隆隆的隆隆的
回鸣

鼓

把太阳　挽在
手里
把月亮　挽在
手里
咚咚

山泉　也是
这样的　脆响
沟谷　也是
这样的　空灵
咚咚

松涛　也是
这样地　簇拥
山峦　也是
这样地　奔涌
咚咚

敲击单鼓的
想在单鼓之外
倾听单鼓的
思在单鼓之中
咚咚

伴奏单鼓的
歌在单鼓之始

咏唱单鼓的
响在单鼓之终
咚咚

我的　无畏的
民族呵
走过　山河的
流淌的历程
咚咚

我的　有韵的
歌吟呵
滑过　单鼓
点跳的波峰
咚咚

自从　我们
有了　这鼓的
喧腾　便有了
眺望的赤诚

咚咚

自从　我们
有了　这圆的
向往　便有了
这鼓的生成
咚咚

无巧不成方圆
天　地　人
都　包容在
其中
咚咚

有规才能有矩
日　月　星
都　升曜在
其中
咚咚

这是

我的方圆呵

如山　如岭

如峰

咚咚

这是

我的日子呵

如露　如雨

如风

咚咚

舞步跳得圆哟

腰铃抖得圆哟

圆

高高地举过头顶

咚咚

泉

斑斑
闪闪
呵 泉

你这 高天
滴下的 晨露
一点

你这 大地
擎起的 夜雨
一盏

渴求时 你是
润喉的
琼浆 玉液

昏睡时 你是
眺望的

明星　亮眼

然而　多少
年了　我只见到
江河的　辽远

然而　多少
代了　人只看到
海洋的　宏宽

我　认识你
实在是　经历了
行程的　无限

以至　由春天的
幼年　走到
秋天的　暮年

我　结识你
实在是　穿越了

履迹的　辽远

以及　由沙漠的
纤细　走到
绿洲的　丰满

呵　原来
你是　这样的
细缓　细缓

呵　原来
你是　这样的
清浅　清浅

掬一捧山泉水哟
心头　陡然
雨　席卷

喝一口山泉水哟
胸怀　骤然

风　飘展

看的　也宽宽
想的　也远远
思的　也绵绵

行的　也迢迢
走的　也漫漫
流的　也潺潺

是母亲的乳汁哟
哺育了我　然而
回味才知　甜

是父亲的汗水哟
浇铸了我　然而
顾首才识　咸

宏大的　来自
渺小　这是

我的诗的断言

短暂的　来自
久远　这是
我的歌的冗繁

语言的迟延
行为的怠慢
表达不了那澜澜

生命的慨叹
旅程的凄婉
概括不了这湲湲

浩浩
瀚瀚
呵　源

（选自《满族文学》《民族文学》《天池》等文学期刊）

我的满族族歌·之二

驿

道路　再揭去
几层　土皮
也许　就是
　　山皮　再贴上
　　几层　尘泥
　　也许　就是

然而　此际
什么　也不是
我　只是
　　在　上面

　　漫无　边际地
　　驱驶

然而　此时
什么　都无取
我　只是
　　在　上头
　　竟无　目的地
　　骋驰

蓦地　我
听得　那些来风
虽然　纤细
　　却
　　蕴含些　催打些
　　古意

蓦地　我
看得　那些来雨
虽然　凄迷

　　却

　　挥洒些　喷吐些

　　旅迹

好　细碎的

马蹄　那是

露滴呵

　　摇落的　箭

　　飞打的　矢

　　离去的　帜

好　倥偬的

鞭影　那是

腾尘呵

　　汹起的　浪

　　驾起的　犁

　　走来的　旗

途中　逢遇

无　纸笔

唐诗　有这样留句
　　请君　马上
　　报　平安
　　唐人　有这样期冀

古驿
原在　想象中
想象中的　那是
　　比
　　看到的　现实的
　　更　明晰

古驿
原在　长望中
长望中的　那是
　　比
　　追踏的　寻觅的
　　更　清丽

栈

半边　是谷
半边　是崖
栈道　就是这样
筑下

筑下的　栈道
前　无见
古时的　马
　　秋日　只有
　　茫茫的　垂挂下的
　　枝杈

筑下的　栈道
后　无视
今时的　霞
　　春日　只有
　　灿灿的　乱开出的
　　山花

流水　摇来
缨铃　叮叮
听去　像是
　　又近　又远
　　就在　耳畔
　　就在　脚下

野鸟　衔来
呐喊　声声
听来　像是
　　又细　又缓
　　就在　脑后
　　就在　肩胛

其实　眼时下
我　只是
在　行旅之中
　　所有的　发现
　　都是
　　向往的　激发

其实　脚底下
我　只是
在　踏跳之间
　　所有的　感觉
　　都是
　　追忆的　图画

蓦地　我像是
发现了　些啥
呵　栈道
　　在　古今间搭
　　在　虚实间搭
　　在　幻化间搭

蓦地　我像是
取得了　些啥
呵　栈道
　　在　心目间搭
　　在　远近间搭
　　在　前后间搭

呵

呵

呵　栈道

　　栈道　呵

　　呵

　　呵

半边　是风

半边　是雨

栈道　就是这样

筑下

（《驿》《栈》二首选自《十月》杂志 2005 年第 4 期）

村

在　平原上

看村　看到的

只是

树木　处处

在　山岭间
看屯　看到的
只是
炊烟　柱柱

要不着　那条
小路　曲曲通入
我　真不知道
那里
尚有　人住
尚有　房屋
尚有　墙垣
以及　门户

要不着　那声
鸡鸣　赫赫唤出
我　真不清楚
那里
尚有　田圃
尚有　辘辘

　　尚有　碾磨
　　以及　米谷

那么　看到
这些呢　又觉得
村归是　村
屯归是　屯
　　仿佛　山岭
　　都被它　邀来
　　在　促膝谈心
　　在　一块居住

那么　走近
这些呢　又感到
亲终是　亲
故终是　故
　　仿佛　大地
　　都被它　请来
　　在　彼此碰杯

在　相互倾诉

待我　离开那里
待我　默然回眸
邻　还是邻
舍　还是舍
　　村子嘛　已经
　　深深地　隐隐地
　　埋进了　融进了
　　那木　那树

待我　踏上征途
待我　放开胸腑
木　还是木
树　还是树
　　屯子嘛　已经
　　浅浅地　淡淡地
　　幻进了　化作了
　　那山　那谷

呵

我的　村庄

我的　故土

我的　老屋

　　呵

　　我的　前人

　　我的　先祖

　　我的　穹庐

村庄　久远了

是山

是山

是山

　　山岭　短暂了

　　是屋

　　是屋

　　是屋

（选自《山东文学》2008 年第 9 期）

歌

沙哑的　长车
咯咯……
切过　沙哑的
高坡
　　随之　留下
　　沙哑的　沙哑的
　　老辙

沙哑的　蹄窝
嘚嘚……
踏过　沙哑的
老街
　　随之　流出
　　沙哑的　沙哑的
　　灯火

还有　那
沙哑的　风

也是 这样
沙哑地 吹过
　　随处 都是
　　沙哑的 跑马溜溜的
　　荒漠

还有 那
沙哑的 云
也是 这样
沙哑地 飘过
　　随处 都是
　　沙哑的 流云朵朵的
　　花朵

沙哑 封住了
喉咙
于是 沙哑的
声段里
　　煅出的 都是
　　沙哑的 沙哑的

铁

沙哑　塞住了
鼻孔
于是　沙哑的
音量里
　　飘出的　都是
　　沙哑的　沙哑的
　　雪

沙哑　响在
那面　团团的
单鼓里
于是
　　沙哑　咬缺了
　　月牙　样子的
　　昨夜

沙哑　隐进
那串　长长的

腰铃里

于是

　　沙哑　嚼穿了

　　豁齿　样子的

　　山阙

沙哑　还在

咣咣地

咣咣地

响着

　　谁知道　留下的

　　是　昨天的

　　清亮的　河

沙哑　还在

咚咚地

咚咚地

敲着

　　谁知道　奔向的

　　是　明天的

火亮的　歌

（选自《山东文学》2008 年第 12 期）

山

野山——
绵绵

绵绵的　野山
横在　北

绵绵的　野山
立在　南

走近野山　只觉
多些　灿烂

离开野山　只觉
少些　浅淡

久未见了　真的
有些　思念

太思念了　真的
添些　渴盼

其实　在有道路之先
就有　脚的铺垫

其实　在有村落之先
就有　胸的包揽

在那　群楼耸立之先
就有　野的摇撼

在那　灯盏闪亮之先
就有　荒的点燃

而今　观览那山
仍是　林木的豁然

而今　顾首那岩
仍是　山石的苍漫

在路遇者的　眉毛上
也有　山的熏染

在赶山者的　脚板下
也有　山的打煅

若干年后　也许会有改变
但　人们仍有山的呼唤

若干年后　也许更加久远
但　人们还有山的串联

在人们的　眉骨里
也许　有这样的镶嵌

在人们的　眼波里
也许　有这样的隐现

八百年前　山是谁
八百年后　谁是山

野山　蹮蹮
旅迹　翩翩

绵绵——
野山

岭

人说　岭
是山的　聚拢
可也是　放目看
真个　坦然若坪
　　人说　山
　　是岭的　穹窿
　　可也是　回眸瞧
　　真个　傲然如峰

岭　当是
山的　家园
可也是　山的邻居
有西　有东
　　山　当是
　　岭的　高耸
　　可也是　岭的村落
　　有纵　有横

这日　我无意中
在岭上　走动
真觉不出　它有
几多　坦平
　　只　一步一步地
　　好像　是
　　有降
　　有升

这日　我无意中
在山间　穿行

真不觉得　它有
那么　高崇
　　只　一步一步地
　　好像　是
　　踏梯
　　登磴

待一日　有所发现
是　由于
我　远离了
岭
　　远远看去　那岭
　　好像是　一抹蓝云
　　虚虚幻幻
　　渺渺空空

待一日　有所警觉
是　由于
我　远离了
峰

远远看去　那峰
好像是　一缕紫烟
蒸蒸腾腾
飘飘零零

于是　一些
幻化　也便在
心中　开始
隐隐　萌动
于是　一些
思索　也便在
眼前　开始
芸芸　众生

岭　原是
人生　行程的
一带　关山上的
长城
摒弃着　我的
多多的　危难的

利剑

锐锋

岭 原是

人生 旅途的

一方 边陲上的

围城

冲刺着 我的

久久的 张望的

浪谷

波峰

（《山》《岭》二首选自《地火》杂志

2011 年第 4 期）

第 八 辑

我的九百九十九行诗

山之自然造型

山

此木　为“柴”
山
山　“出”
　　因火　成“烟”
　　夕
　　夕　“多”

我　最初听得
这联拆字　有些
拍案叫绝
　　待　惊愕过后

细细咀嚼　又生
无尽思索

其中　就有
关于　山的叩问
以及　隐隐解说
其中　就有
关于　山的腾越
以及　匆匆跋涉

于是　我又
有了　关于
山与岭的　分别
于是　我又
添了　关于
岭与峰的　屏介

其实　山
也是　岭
只是　由于

　　岭的　铺设
　　霍然　才有了这
　　山的崛起　以及巍峨

其实　峰
也是　山
只是　由于
　　山的　衬托
　　油然　才生了这
　　峰的崔嵬　以及磅礴

呵
那是　由于
我　漫漫地
　　走来　才有
　　这
　　翩然的　显赫

呵
那是　由于

我　迢迢地

　　越过　才见

　　这

　　豁然的　铭刻

登山　就是爬坡

好长的　坡

没有坡　就没有山

　　爬坡　就要蹚河

　　好宽的　河

　　没有河　就没有坡

看来　登山

脚板　定要

好好地　磨一磨

　　看来　爬坡

　　鞋底　是要

　　牢牢地　加块铁

其实　山

我们　每时每刻
都在走着　都在走着
　　其实　山
　　我们　常来常往
　　都在登着　都在登着

山　真个
人生的　伴侣
或右　或左
　　山　的确
　　行程的　壮写
　　或叹　或歌

2011 年 11 月 30 日 清晨 长春东岭

之

当我　踏上
那座　巍巍的
峰岳

　　惊回首　我
　　才有　这样的
　　所得

当我　攀上
那带　隐隐的
老坡
　　猛回眸　我
　　方生　这般的
　　所获

直到这时　我
惊憾　人类的
比拟　是
　　多么　贴切
　　多么　体贴
　　多么　准确

直到这刻　我
慨叹　人间的

譬喻　有
　　多么　陈老
　　多么　古朴
　　多么　深刻

“之”　这个字呵
在我　小憩时
在我　野餐时
　　九曲回肠
　　才有　那么的
　　轻轻　一野

“之”　这个字呵
在我　风凉过
在我　消汗过
　　三旋风转
　　才有　那么的
　　匆匆　一穴

我的　失败

在这一刻　我曾
“之”字　一样地
　　举手　捶胸
　　顿足　踏地
　　无语　沉默

我的　成功
在这一时　我曾
“之”字　一样地
　　晾茶　警戒
　　枫桥　夜泊
　　跃马　长车

“之”字的　人生
都有　但不一定
都能懂得
　　其实　只有在不懂得时
　　才有　那么
　　勇敢地　一跃

"之"字的　行程
都在　但不一准
都不懂得
　　其实　只有在真懂得时
　　才有　那么
　　清醒地　退缩

呵
那是　我的直接
那是　我的狂热
　　呵
　　那是　我的抛梭
　　那是　我的狂烈

"之"字
我的　醉酒时的
举杯　邀月
　　"之"字
　　我的　醒茶时的
　　推盏　当歌

2011年11月30日上午　长春东岭

自

仿佛　写到这
这才　真真地
写到　一座
　　大山的
　　自然的　自有的
　　本色

山　少不了石
一石　为“石”
三石　为“磊”
　　呵　那些
　　磊磊岩石　才闪现出
　　大山的　磊磊落落

石　离不开山
石展　为“碾”
石麻　为“磨”
　　呵　那些

斑斑碾磨　才展现出
大山的　斑斑驳驳

那是　春天的花
那是　夏天的叶
那些　山里
　爱美的　好浪的
　大姑娘　常将野花
　鬓边　簪一朵

那是　夏天的叶
那是　秋天的果
那些　沟里
　过门的　害口的
　小媳妇　常将野果
　口里　含一颗

山里的爷们　用石头
垒起　石屋
一座座

那座　石屋

石板　铺炕面

石灶　架铁锅

山里的汉子　用石头

围成　石墙

一穴穴

那圈　石墙

石块　打墙基

石片　压墙垛

他们　生了

小子　往往

起名　叫石头

他们说

石头结实　石头多

叫石头　好养活

他们　有了

丫头　常常

取名　唤山丫

　　他们说

　　山丫硬朗　山丫野

　　叫山丫　不好惹

至于　石头拉出山

修了道　跑了车

他们还　时常不觉得

　　即便　进了城

　　踏上　那路

　　也是　无心想着

至于　石头投进炉

炼了铜　化了铁

他们还　经常不琢磨

　　只是　老磨石

　　对着　铁刀

　　哧哧　一顿子磨

仿佛　写到这

这才　正正地

写出　一座

　　大山的

　　自身的　原生的

　　性格

2011 年 11 月 30 日 中午 长春东岭

然

一轮　明月

高

高地

　　升

　　起

　　了

升起了　升起在

东天　东岳

东天　东岳

　　顿然　腾跳着
　　漫漫的　迢迢的
　　圣洁

照耀了　照耀在
江河　湖泊
江河　湖泊
　　跃然　斑斓着
　　苍苍的　莽莽的
　　光泽

那　光泽
漂浮成　摇摆成
淡淡　粉末
　　一忽儿　高
　　一忽儿　低
　　高高低低地　游着

那　圣洁
幻化成　融合成

浅浅　白色

　　一忽儿　远

　　一忽儿　近

　　远远近近地　闪着

于是　我

想到　一个哲人的

无私的　哲思

　　于是　我

　　想到　一个哲思的

　　无畏的　深刻

他说　两个个体的

结合　那是

打碎后　消亡后

　　再一次地　重新

　　组合　那个组合

　　属于　另一个世界

他说　两个生命的

组合　那是
投胎后　再生后
　　再一回地　生命
　　获得　那个获得
　　构成　别一个境界

我想　那个组合
是　涅槃进行中的
火
　　正在
　　腾腾地　烈烈地
　　向上　燃着

我想　那个结合
是　生命依托着的
水
　　正在
　　均均地　匀匀地
　　朝下　滴落

呵

我的　亲亲骨肉

我的　滚滚热血

　　呵

　　我的　茫茫思索

　　我的　淡淡清澈

一轮　皓月

浩

浩地

　　升

　　起

　　了

2011 年 11 月 30 日 下午　长春东岭

造

经过　大野的
茫茫　穿越
到了　这时
　　我才　迎来
　　这样　苍苍的
　　一次　浓缩

经过　寰宇的
遥遥　奔射
到了　此刻
　　我才　奔向
　　这般　隐隐的
　　一程　读阅

其实　它就是
一把　泥
一捧　土
　　一块　石头

一颗　沙砾
普通得　常常让人常弃舍

其实　它就是
一棵　木
一根　草
一瓣　花瓣
一枚　草叶
平常得　往往让人多忘却

正是　由于它普通吧
所以　我
才有　这样大胆地
雕刻
有时　竟是那样
三凿两斧地　雕刻

正是　由于它普通吧
所以　我
才有　这般随意地

琢磨

有时　竟是那样

粗略简约地　琢磨

别说　经过

这样　琢磨

似乎　竟是

顺理成章　顺其自然

得到　我的

油然　所得

别说　经过

这样　雕刻

似乎　竟是

喜出望外　风来空穴

取得　我的

盈然　所获

自然的　源于自然

那是　自然地

始始　末末

　　天然的　来于天然

　　那是　天然地

　　终终　结结

有时　加上一缕

思索　那也

只是　风丝

　　在　上面

　　轻轻地　一抽

　　草草地　一拽

有时　加上一层

理解　那也

只是　雨滴

　　在　其间

　　淡淡地　一点

　　浅浅地　一挫

我的　打造

我的　造型

原是　这样生生灭灭

　　我的　假说

　　我的　如果

　　原是　这样真真切切

2011 年 11 月 30 日 黄昏 长春东岭

型

山之　自然造型

犹同　山之雕塑

但是

　　不是　照相

　　不是　广角收入的

　　那么　一角

山之　自然造型

当是

有棱　有角

　　有高　有矮

　　有窄　有阔

　　有着　无尽取舍

山之　自然造型

原是

有繁　有略

　　有黑　有白

　　有盈　有缺

　　有着　无边涉猎

其实　这只是

张望中的　最初感觉

奔过去

　　还需要有　那么

　　一程　距离

　　一程　奔波

其实　这只是

眺望中的　当先认得

走上去
　　还需要有　那么
　　一身　汗水
　　两脚　打磨

越过了　越过
才知　地之广
才知　天之博
　　滔滔地　那是
　　我之　无尽之
　　视野

阅过了　阅过
才识　风之轻
才识　云之薄
　　潇潇地　那是
　　我之　无穷之
　　览阅

然而　当我

寻觅　山之形象时
却　又是个
　一览　无余
　一无　所得
　不晓　从哪开拓

然而　当我
捕捉　山之相貌时
竟　又是个
　一筹　莫展
　一言　难尽
　不知　做何搜索

看山　还应
远处　看
远处看山　才能有
　所解
　不识　庐山真面目
　原来　就因缺少腾越

看山　还该
大处　看
大处看山　才能有
　　所阅
　　只缘　身在此山中
　　原来　就因有着掩遮

山之　自然造型
就是　山之超脱
但是
　　不是　临摹
　　不是　画框镶进的
　　那么　一页

2011 年 11 月 30 日 长春东岭

（选自《兴仁文苑》2009 年第 1 期）

第 九 辑

松花江船歌

我的船长我的船

船・一

我的　船长
我的　船
我的　那支老船歌
　　曾经在　古老的
　　松花江　水上
　　唤

我的　老船歌哟
全仗　丈八长竿点
那竿　点在哪儿
　　哪儿　就有

　　拍节

　　一卷卷　一卷卷

我的　老船歌哟

全靠　两臂木桨掀

那桨　掀在哪儿

　　哪儿　就有

　　音符

　　一圈圈　一圈圈

他也用　歌声

作水流　探

每当　水流流得慢

　　他的　歌声

　　调　也减

　　韵　也缓

他也用　歌声

作水势　试

每当　水势荡得急

他的　歌声
音　也强
声　也悍

最是　赶上
阴雨天　黑风天
他的　两眼
骤然　都燃烧成
一对　红火炭
一对　红火炭

最是　遭遇
霜雪年　寒酷年
他的　脊梁
霍然　都挺拔成
一杆　老钢镩
一杆　老钢镩

他　没读过多少书
《资治通鉴》 看没看

但　他说过这样的
　　箴言
　　似乎　都成了
　　人的　座右铭

他　没进过学堂门
半部《论语》 览没览
但　他讲过这样的
　　格言
　　似乎　都成了
　　书的　后续篇

赶上　世道变迁了
他对　渡江的人们
说
　　水能载舟　也能覆舟
　　先秦帝国　当是这样的
　　前车之鉴

赶上　天下变幻了

他对　船上的过客

谈

　　前面有车　后面有辙

　　后汉王朝　当是这样的

　　后世之范

我的　船长

我的　船

我的　那支老船歌

　　曾经在　古老的

　　松花江　岸上

　　传

2013 年 2 月 25 日 长春东岭

船·二

我的　船长

我的　船

蓦地　我在这荒荒老老的

海滩上　拾到一枚古铜片
既　驳驳
又　斑斑

我曾让　我
学过外文的　孙孙看
他说了
那上面　有
外文　镶又嵌
一串串　一串串

我曾请　我
搞过博物的　亲家瞻
他谈了
那上面　有
泥沙　贴又粘
一片片　一片片

航海日志缄　那是十五世纪晚
哥伦布　从西班牙走出

越过　巴罗斯港湾
　　经过　印度洋
　　向西　向西
　　太阳　飘忽成乌蛋蛋

战争编年史　那是十九世纪初
拿破仑　在滑铁卢战败
流放　圣赫勒拿岛
　　越过　大西洋
　　向南　向南
　　月亮　悠远成雀卵卵

可是　有谁知道
那船　出海那天
当是　那一年四季里的
　　九月九
　　六月六
　　三月三

可是　有谁记得

那帆　归落时间
当为　这一月月半中的
　　上玄月
　　下玄月
　　月玄玄

其实　这些
都是　想象中的
门　一扇
　　我所能够确信的　只是
　　有海　就有船
　　有船　就有帆

其实　那些
都是　张望中的
窗　一舷
　　我所能够断定的　只是
　　有出　就有归
　　有归　就有盼

其实　我所想得到的
无非　只是
写进诗行的　欣慰祝愿
　　也许　它就是
　　航海途中的　一声号子
　　正在　喧

其实　我所涉猎到的
并非　只是
注进册页的　温馨论断
　　也许　它就是
　　托在手中的　一件古玩
　　真好　玩

我的　船长
我的　船
蓦地　我在这斑斑驳驳的
　　铜片上　拾到一个旧梦幻
　　既　苍苍
　　又　漫漫

2013 年 2 月 28 日 长春东岭

船·三

我的　船长

我的　船

显然　这是一块

　　生铁　铸就的

　　锚

　　锈迹黯黯　锈迹黯黯

冶这块老铁的　可是

哪山石

产哪山

　　铸这颗老锚的　可是

　　哪家炉

　　哪锤煅

现在心里所能够肯定的　只是

煅这铁的　老铁匠

胸脯　火亮

　　一闪闪地

一闪闪地
闪

现在尘埃所能够落定的　只是
铸这锚的　老炉工
两臂　大汗
一点点地
一点点地
点

然而　这些都是
想象中的　瞬息观览
真实的　体味
还是在于《老船锚》近代画家画案
晓民先生　那管油画笔下的
涂　又染

然而　这些都是
眺望中的　朦胧再现
真正的　觉察

　　还是在于 《伏尔加河上的纤夫》画卷
　　列宾先生　那张油画板上的
　　抹　又蘸

也许　由于
这画面上的　那么一点点
才有了我的　这——
　　思绪的　万千
　　眺望的　浅淡
　　回眸的　深远

也许 由于
这线条上的　那么一弯弯
才有了我的　那——
　　记象的　丰满
　　印痕的　湿干
　　明了的　再现

其实　世上的
事情　往往都是

当事时　很平淡
　　至于过后　变得不平凡
　　那是中间　有了
　　一段段　铺垫

其实　纷乱的
情节　常常都是
当面时　挺肤浅
　　至于回思　形成有所感
　　那是经途　有了
　　一串串　缝连

记忆的　铁锚
一盏盏　一盏盏
虽黑黑　也闪闪也闪闪
　　感慨的　航灯
　　一片片　一片片
　　虽闪闪　也断断也断断

我的　船长

我的　船

显然　这是一尊

　　老铁　铸就的

　　灯

　　光彩艳艳　光彩艳艳

2013 年 3 月 1 日 长春东岭

船・四

我的　船长

我的　船

我的摆渡　春天下水了

　　嘎嘎　嘎嘎

　　天空　掠过行行雁

　　天空　掠过行行雁

雁阵排排　贴上了高天

一会儿　人字形

一会儿　编蒜瓣

　　匆匆　匆匆
　　由南向北　由南向北
　　不　打站

船队列列　挨近了江面
一会儿　一条绳
一会儿　一支箭
　　冉冉　冉冉
　　由近及远　由近及远
　　不　怠慢

摆船的　汉
似乎　有些添慨叹
衣襟　闪闪
　　飘　胸前
　　只是　望了望雁阵
　　手　莫闲

乘船的　客
似乎　有些生胆寒

鬓发　颤颤

　　拂　耳畔

　　只是　听了听雁鸣

　　口　默言

他们　都明了

封了一冬的　大江

刚刚　开

　　这是涉水　走的

　　逢暖　头一趟船

　　冰碴　还在船头上蹿

他们　都清楚

冻了半年的　冰层

才才　融

　　这是顶凌　开的

　　蹚道　第一条舢

　　凌花　还在舢板边涮

但是　船上船下

大家　手里还没攥把汗
因为　有他
　　在　掌船
　　在　掌船
　　老手把　未曾乱

但是　船里船外
大家　心里都把秤砣掂
因为　有他
　　已　接船
　　已　接船
　　好后生　不简单

只因　彼此心连心
好像　是
一船的心　连成一条纤
　　只缘　你我肩搭肩
　　犹同　是
　　一江的汉　皆做一线牵

人过留名　雁过留声

好像　到了这时间

他却未将名声　想——太远

　　雁过留声　人过留名

　　如同　到了这阵子

　　他也只是记得　报——平安

我的　船长

我的　船

我的摆渡　春天下水了

　　嘎嘎　嘎嘎

　　水面　飞过行行雁

　　飞过　行行雁

2013年3月4日 长春东岭

船·五

我的　船长

我的　船

我的　浩然的大汉
　　拉起了纤哟　扬起了帆
　　潇潇　走天下
　　洒洒　步上天

那是　松花江流程九十九道弯
那是　乌苏里涌浪八十八重渊
那是　鸭绿江鸭头七十七顶蓝
　　统统地
　　统统地
　　伴随着这条老船　旋

那是　长白山松针六十六枚尖
那是　兴安岭柞枝五十五丛焰
那是　完达山枫林四十四盏燃
　　全全地
　　全全地
　　紧跟着这面长帆　转

浩瀚的　云天

浩瀚的　云天

真个好浩瀚　真个好浩瀚

　　宽远的　河汉

　　宽远的　河汉

　　真个好宽远　真个好宽远

然而　他此刻

眼前　所能见到的

只是鸭　只是鹅

　　白毛　分绿水

　　红掌　拨清波

　　嘎嘎　游来一二三

然而　他此际

耳畔　所能听得的

只是牛　只是马

　　牛蹄　踏荒沙

　　马鬃　摇野川

　　哞哞　拂去风雨烟

他也曾　让邻里的
大伯们
坐上船
　　他说　外面的世界
　　阔　又宽
　　岭外岭　山外山

他也曾　将屯中的
大妈们
送上岸
　　他讲　远方的世面
　　灿　又烂
　　楼外楼　天外天

他　说了
大有大的　周全
船大更稳健　胆大心亦宽
　　潇洒　走一回
　　何必　做井蛙
　　只看　针鼻那么大的天

他　讲了
小有小的　方便
船小调头快　心神也不乱
　　欣慰　阅一遍
　　何必　近视眼
　　只见　指肚那么点的山

快雪时晴帖　这是书法语言
他也曾　将形容
搬进了　他的渡口
　　《兰亭序》集帖　这是翰家论断
　　他也曾　将比喻
　　载上了　他的舟船

我的　船长
我的　船
我的　飒然的大汉
　　打起了桨哟　撑起了竿
　　匆匆　天外来
　　隐隐　天外攀

2013 年 3 月 17 日 长春东岭

船·六

我的　船长

我的　船

我的　浩瀚的号子哟回响在

　　非洲的　尼罗河

　　美洲的　亚马孙

　　欧洲的　莱茵岸

回响在　九曲黄河葫芦舟

回响在　口外河套羊角湾

呵　也回响在

　　塞北　桦皮舟

　　江南　乌篷船

　　浓浓的浪花　淡淡的烟

回响在　洞庭湖畔岳阳楼

回响在　扬子江头黄鹤苑

呵　也回响在

　　东海　小螺号

高原　溜索渡
凛凛的冷光　冽冽的寒

回响在　大唐诗仙——
太白的　斗酒诗百篇
那是多么爽快的　船
呵呵
朝辞白帝　彩云间
千里江陵　一日还

回响在　大宋诗翁——
放翁的　中原北望叹
那是多么激愤的　唤
呵呵
楼船夜雪　瓜洲渡
铁马秋风　大散关

其实　拉得动的
不一定都是船　也有纤
那拉动的　纤绳啊

　　绷直了　皱
　　拽直了　弯
　　嘿哟嘿哟　步步排向前

其实　扬得起的
不一准都是帆　也有缆
那扛起的　缆绳啊
　　扣进了　肉
　　煞进了　肩
　　哎哟哎哟　滴滴皆血汗

其实　这些都好像是
在　游玩
在　实验
　　瓦特当年　点燃蒸汽机
　　曾经是　这样地
　　轰然　一轰然

其实　这些都好像是
在　观览

在　表演

　　莱特兄弟　发明大飞机

　　曾经是　那样地

　　冒险　再冒险

其实　在列宾的调色盘里

纤夫背上　太阳

早已贴成　一贴膏药圆

　　其实　在凡高的老秃笔下

　　纤夫脚底　河滩

　　竟已烙成　一罐拔火罐

学如逆水行舟　不进则退

这话　引入座右铭

挺挺　座右边

　　行若顶风扬帆　不坚则软

　　这句　写进祝勉篇

　　隐隐　添祝勉

我的　船长

我的　船

我的　浩瀚的船歌哟回响在

　　黄色的　伏尔加

　　蓝色的　多瑙河

　　银色的　天河畔

2013年3月17日 长春东岭

附　录

纪念抗战胜利七十周年纪事诗抄

东北抗日义勇军纪事

骤然　挑出一面荒火燎过的战旗
挑那旗的　是柳条障上的一根柳条竿子
骤然　在那片荒火燃烧着的土地
举那旗的　是高粱地里的一根高粱棵子
还有那　保家护院的出围打猎的长枪土炮
还有那　吆牛喝马的驱车摇鞭的枯老手臂

他们走出　确实是为着身子不再遭欺
他们走出　确实是为着肚子不再受饥
然而　他们仍然是火烤胸前暖风吹背后寒
然而　他们仍然是走近青纱帐和漫漫风雨
可是　为着家乡能够再有炊烟升起
他们　宁可睡在那篝火刚刚烤干的泥地

他们走出　确实是为着能够穿件好衣
他们走出　确实是为着过上舒心日子
然而　他们身上仍然是衣不遮体露肉赤皮

然而　他们肚里仍然是草根树皮甚至棉絮
可是　为着姐妹身子不再受辱
他们　呼啸一声冲去袒着胸脯裸着膀子

那个时候　他们还不明白啥叫正义
只知道　大敌当前应该自动自觉地这样
那个时候　他们还不清楚啥是良知
只知道　国难当头应该无所畏惧地这样
于是　他们把本来是结下深仇的身边人拉起
于是　他们把本来是留下大恨的身边人挽起

就这样　他们演绎出了一个个历史故事
那故事　已化作中华人民共和国国歌的铿锵韵律
就这样　他们谱写出了一个个岁月传奇
那传奇　已融进大刀歌向鬼子们的头上砍去
那传奇那故事　就这样写进今天的电视连续剧
那传奇那故事　就这样传给他的儿子他的孙子

七十年过去了　七十年的记忆该是怎样的记忆
七十年来临了　七十年的洗礼应是怎样的洗礼

当年　我们东北的男子曾是个男儿曾是条汉子

而今　在这耕耘的土地上我们愿将身子做张犁

当年　我们东北的女儿曾是块钢铁曾是把火炬

而今　在这锻打的土地上我们愿拧紧颗颗螺丝

骤然　在那块残霞照耀过的天际

骤然　凉了一滴凝固的红色血迹

凝那血的　是高粱地里的一枚高粱叶子

凝那血的　是黄豆地里的一颗黄豆粒子

还有那　朝霞一样的冉冉升起的照街虹霓

还有那　江河一样的匆匆奔泻的放船号子

2015 年 5 月 5 日 长春东岭

中国远征军缅甸抗战纪事

这是葛藤缠绕的亚热带郁郁莽林

这是蛇蝎奔袭的季雨林殷殷林荫

这里的江河同葛藤一样地左盘右旋

这里的道路同蛇蝎一样地曲折延伸

当心这里曾有小鬼子的恶狠盯注阴险藏身
他们同蛇蝎葛藤一样爬行前进

其实　在那古老的关东民房草舍门前
就已经见过了他们那圆目瞪出的恶狠
其实　在那苍莽的塞北屯落村边田坎
就已经领受了他们那黑胡甩出的冷峻
呀格根根　那狂妄的呼叫喷出毒唇
八嘎呀路　那恶毒的咒骂令人发瘆

因此　有了卢沟桥头那七月七日的弹雨
因此　有了上海虹桥那八月十三的枪林
于是　那华北的青纱帐白洋淀飞出战歌
于是　那平原的地道战游击队放出歌吟
这是由怒江江畔走出的铿锵步履铿锵步履
这是从高黎贡山跨下的飘闪衣襟飘闪衣襟

我们曾经过蓝加那辎重营盘的暂短培训
我们曾经过孟关那山隘要口的静谧出巡
我们从太平洋辽远的岛屿飞至飞至

我们从大西洋深邃的海域来临来临
英伦三岛开出的战舰经过大不列颠英吉利
美利坚合众国派出的机群超过孟加拉海滨

越过珠穆朗玛珠穆朗玛珠穆朗玛
那高崇的峰峦啊让我眺望蓝天白云
越过喜马拉雅喜马拉雅喜马拉雅
那长长的岭岱啊使俺舒展红晖金晕
飞越珠峰的驼队胜过骆驼胜过骆驼
穿越喜谷的机群超过燕群超过燕群

日本侵略军已经犯下天怒犯下天怒
休言你还有那所谓的尚武精神
日本侵略者已经结下众恨结下众恨
莫言你还有那所谓的武运长存
想吞天的天狗必然被广漠的长天所吞没
想喷毒的蛇蝎必定被愤怒的唾液所淹尽

这是莽林中所掩埋下的座座荒坟
这是野草中所展现出的闪闪碑文

这里的江河啊伴随着墓碑声声喧啸

这里的道路啊斑驳着足迹步步登临

滇缅公路总是闪烁着光辉日月光辉日月

中缅边界荣耀着正义足音正义足音

2015 年 6 月 1 日 长春东岭

乌斯浑河八女投江纪事初篇

一样的柞林如火烈烈燃烧

一样的秋水如银卷着寒涛

这日当我来到刁翎口子乌斯浑河岸边

眼前所能见到的只是离离荒草

呵　哪一株可是当年洒下的记忆草籽

呵　哪一朵可是日后打起的回味花苞

冷云　胡秀芝　杨贵珍　郭桂琴

让她们的名字在我的诗行里延伸吧

黄桂清　李凤善　王惠民　安顺福

让她们的报号在我的流韵中腾跃

其实　我离她们并非太远太遥
她们一直在我的心田上生着长着

你们的故事我在周保中日记本中读到
你们的风采我在徐云卿回忆录里知晓
“烈女标芳”这称谓多么圣洁自豪
“英雄姐妹”这赞誉多么生动美妙
然而当我静静地默默地思索过后
在那个年代里你们可曾这样想到

你们与姐妹们曾摇着一样的发梢
你们与婶娘们曾披着一样的破袄
当你们听到母亲在野兽身下嚎叫
当你们看到婴儿在刺刀尖上高挑
于是　你们齐耳短发一甩豁出去了
于是　你们两颗拳头一攥胆子大了

你们也许还在村头编着马莲垛垛
你们也许还在檐下看着燕子垒巢
也许还捧着妈妈刚出锅的玉米面发糕

也许还逗着老抱子才抱出的鸡雏蹦跳
于是　你们借着月黑头走出家门
于是　你们趁着大清早穿过村桥

这是牡丹江畔塑下的那座浮雕
我曾想过那悲壮的流水呵曾水流千遭
这是松花江畔铺开的那片黄沙
我曾想过那闪耀的黄沙呵曾霞光万道
牡丹花当是那一江绽放的浪朵
松花水当是那一路鸣响的鼓号

一样的秋云如水流向天涯
一样的寒波如云飘向海角
这日当我站在刁翎口子乌斯浑河岸边
眼前所能望到的只有冉冉青苗
呵　哪一滴可是岁月播下的晶莹露珠
呵　哪一枚可是时光留下的青春娇娆

2016 年 6 月 20 日长春东岭

乌斯浑河八女投江纪事续篇

已是满目的疏疏荒草淡淡野蒿
岁月同眼波一样变得昏花枯老
蓦地　他面对着家乡西大河静静细瞧
哪一块土头当年曾踏动过她的双脚
蓦地　他眼望着乌斯浑河水悄悄思考
哪一朵浪花当年曾在她的面前蹦跳

那个年代姐妹们只有悲悯没有名号
那个天日姑嫂们只有哀叹没有欢笑
蓦地　在一个月黑风高的夏夜
满天的星星都被大块的乌云笼罩
蓦地　那时鸡也没鸣狗也没咬
只有萤火虫提着灯笼在前面领道

于是　便有声音传出翌日一大清早
人说她跟随着有情人偷偷地跑了
于是　便有这样惊叫响遍村头大道

人传很可能她被北大荒狼群吃掉
不过要真的那样或许可说还算更好
怕就怕落入了那帮野兽带血的魔爪

于是　他离开了家门去一一地寻找
似乎在这一刹那他明白她到哪里去了
于是　他奔向了深山老林密营野坳
似乎在他面前已看到她那件蓝花小袄
果然　她出现在柞木林子东岗旁边
头上还是那根红头绳紧紧扎着发梢

于是徐云卿大姐为他俩再度牵线搭桥
于是柴世荣军长为他俩给予新婚犒劳
战斗的疆场真个是风疾雨暴水涨冰消
相逢的时刻与分手的时刻同时来到
临行他送她一方手帕她给他一副手套
自此便是分离的苍山漫漫莽水迢迢

郭桂琴　她是我七十年前的妻子呵
冯文礼　此刻他在这样地惊愕呼号

这是在纪念抗战胜利七十周年的前夕
一份珍贵的党史资料使他终于明了
然而　他已是八十八岁耄耋老人了
逝去的日月当如何回味怎样频眺

已是满天的夕色云霓烟霞缥缈
时光同炊烟一样变得浅淡缭绕
蓦地　他面对着家乡西大河抿住嘴角
觉得每一寸土头都有她踏动的骄傲
蓦地　他眼望着乌斯浑河水充满自豪
感到每一朵浪花都是她的风采飘飘

2016 年 6 月 22 日长春东岭

乌斯浑河八女投江纪事新篇

呵　天上的流云哟远了远了远了
呵　地上的彩霞哟近了近了近了
这日　我驰骋在哈东高速公路之上
迎面扑来的便是悠悠的无边风貌

此时　我乘坐在大巴旅游客车之上
满耳充盈的便是隐隐的无尽歌谣

蓦地　眼前出现一座高大的牌楼
刁翎口子加油站的匾额在上面高挑
蓦地　身旁闪出一道宏阔的路标
八女投江纪念馆的名号在眼前闪耀
就在这一刻里　我心涌浪花万朵
就在这一时际　我胸腾霞光千道

此刻　我尚未来得及走下汽车
周身的血管似已变作了输油管道
这时　我还没顾得上踏入站台
全身的血液似已卷起了巨澜宏涛
呵　那是激情燃烧的冉冉岁月
呵　那是时光腾烈的艳艳火苗

就在这一瞬间呵我似顿然感到
当年的枪声　早已化作夯声旗鼓
就在这一片刻呵我像骤然觉到

昔日的浪花　又都迎来雨狂风暴
呵　艳艳的激情正在燃烧燃烧
呵　腾腾的烈焰仍在喧啸喧啸

那是中华民族到了最危险的时候
我们的那些嫩骨嫩肉的姐妹们
声声誓语已变成钢变成铁变成号角
把我们的血肉筑成我们新的长城
我们的那些天真烂漫的姑嫂们
颗颗拳头已成为枪成为炮成为大刀

于是　我心头点燃的不仅是火花
发动机里的汽缸也同样地正在猛跳
于是　我脚底飞旋的不仅是车轮
胸口窝里的马达也同时地正在呼叫
我们的战歌仍然喧响在万里云霄
我们的脚步依旧飞奔在峥嵘跑道

呵　眼中的流云哟如火如荼如涛
呵　身边彩霞哟犹歌犹鼓犹号

这日　我奔涌在时代高速公路之上
胸中的油箱早早都已加足灌饱
此时　我脚踏在全速前进油门之上
耳边的长风声声都是争分夺秒

2016 年 6 月 24 日长春东岭

乌斯浑河八女投江纪事祭篇

假若　那段时光并没有流走
假若　这段岁月还仍在回眸
我敢说　你们的天姿当还是
那样的青春年少那样的青春年少
我敢道　你们的神采当还是
这般的风华正茂这般的风华正茂

是的　那时你们年庚还都很小
说话的乳音还没有脱离童年腔调
是的　那时你们个头还没长高
齐耳的短发尚没够到妈妈的发梢

你们还都是那样天真那样烂漫
你们还都是那样好说那样爱笑

还有那满地的黄花呵已经黄了
还有那遍野的绿草呵已经绿了
蜻蜓在蒿尖上停着真个有点挑逗
蝴蝶在花瓣间跳着又是有些太淘
房檐下挂着串成串的山菇娘
屋门旁吊着辫成辫的红辣椒

苞米地挂着五月鲜嫩的花豆角
高粱地绽着八月腆肚的乌米苞
然而　这些已经都是过去的事了
然而　这些都已经一去不复返了
此刻背后顶着的是枪口是刺刀
此刻面前迎着的是大河是洪涛

然而　你们毅然决然地向前向前
然而　你们昂然岸然地走着走着
没有国岂有家岂有家的门槛

没有家哪有妈哪有妈的怀抱
就这样　烈焰中又加进了烈焰
就这样　怒涛里又增进了怒涛

呵　一河的浪涛陡然大了涨了
呵　一腔的火焰轰然腾了烈了
漫天的朝霞就这样点亮点亮点亮
遍地的篝火就如此燃烧燃烧燃烧
凤凰涅槃　那是走向了永生
走向永生　那是取得了不老

假若　时光还停在那个时节
假若　岁月还留在那个年表
我敢说　你们的笑颜当还是
那颗初绽的花苞那颗初绽的花苞
我敢道　你们的面容当还是
这朵朝霞的闪耀这朵朝霞的闪耀

2016年6月29日长春东岭